KB125323

그 노래가 내게
고백하라고 말했다

일러두기

1. 곡, 영화, 그림은 〈 〉, 앨범은 《 》, 작품명은 「」, 단행본과 잡지는 『』으로 구분했습니다.

2. 인명은 국립국어원 외래어 표기법에 따랐으며, 앨범이나 노래 제목 등의 띄어쓰기는 원 저작물의 의미를 훼손하지 않는 선에서 띄어쓰기를 적용했습니다.

Playlist

서툰 어른을 위한 이경의 음악 에세이

그 노래가 내게
고백하라고 말했다

이경 지음

아멜리에북스

『그 노래가 내게 고백하라고 말했다』는 흡입력이 실로 강했다. 첫 장을 펼치고 불과 몇 시간 후, 나는 어느새 마지막 장을 덮고 있었다. 그 시간 동안 이경 작가가 쓴 아름다운 수사와 그 속에 담긴 정서가 너무 탐났다. 나 역시 한 명의 작가이기에 실천 불가능한 생각이라는 걸 알지만, 할 수만 있다면 그의 표현과 생각을 훔치고 싶었다. 이 책에는 그만큼 애틋한 정서가 가득하다. 그리고 그가 추천해주는 '플레이리스트'대로 담기만 해도 훌륭한 컴필레이션 명반이 될 것이다. 주의할 점도 있다. 이 책에 담긴 음악을 모두 찾아 들으면, 당신은 너무 깊은 추억에 잠겨 한동안 청승을 떨지도 모른다는 것. 물론, 나는 그조차도 고마웠다.

최민석, 소설가

작가가 선곡한 마흔 곡의 노래 중에 내 취향에 맞는 건 두 곡뿐이었다. 그럼에도 불구하고 나는, 작가가 써낸 마흔 개의 꼭지를 마치 음악을 듣는 것처럼 읽어냈다. 자신이 쓰는 글쓰기에 필요한 대부분은 음악에서 배웠다는 본인의 말을, 작가는 이 책에서 제대로 증명하고 있다. 음악을 매개로 소환되는 그 어느 시절과 그때의 사연들을 자신만의 리듬으로 다양하게 변주해 선보이기 때문이다. 혹여, 힙합이니 R&B니 포크록이니 장르 따위 모른다고 겁먹을 필요 없다. 알 켈리니 스미스니 외국 가수의 이름 따위 모른다고 주눅들 필요도 없다. 나 역시 음악에 대해서는 잘 모른다. 그런 내가 잘 알지도 못하는 음악 이야기를 몰입해 읽을 수 있었던 건, 작가가 들려주는 이야기가 지극히 개인적이면서도 누구나 한 번쯤 겪었을 그 어느 때의 사랑, 인연, 방황, 꿈 등을 담고 있었기 때문이다.

이경 작가와는 전작 『작가의 목소리』를 작업하며 인연을 맺었다. 그의 글이 좋았다. 그리고 이 책을 읽으며 느꼈다. 정말 쓰고 싶은 글을 써냈구나. 그래서 이 책을 읽는 내내 묘한 안도감이 들었다. 작가가 되기보다 영원한 지망생으로 남을 것을 두려워하던 그가, 끊이지 않을 글감과 끈기를 달라고 읊조리던 그가, 이대로 계속 작가로 남아줄 것 같아서. 음표도 음악 기호도 없이, 드럼, 기타, 색소폰, 건반도 없이 작가가 오로지 글자로만 만들어낸 마흔 개의 음악을 들어보길 바란다. 작가가 소개한 곡들은 어떨지 몰라도, 작가가 써낸 글들은 당신의 취향에 꽤 맞을 테니.

이명은, 마누스 에디터

이경 작가에게 이 책이 출간되면 1등으로 읽어보겠노라는 약속을 했었다. 사람 일은 모르는 거라고 했던가. 그 약속을 이런 식으로 지키게 될 줄이야. 나는 추천사 의뢰에 흔쾌히 응했다. "오호라, 추천사를 쓰게 되면 당신의 글을 첫 타자로 읽게 되는 것이니 이러니저러니 나는 약속을 지킨 것이니라." 생색도 내면서, 내심 책값도 아낄 수 있겠다는 얄팍한 생각을 했다. 하지만 책을 다 읽고 난 뒤 깨닫고 말았다. 나는 결국 이 책을 위해 지갑을 열게 될 거라는 걸. 가장 먼저 이 책을 읽어본 사람으로서 꼭 소중한 누군가에게 이 책을 선물하기로 마음먹었으니까.

자신만의 플레이리스트를 재생하며 지난 사연과 앞으로의 희망을 떠올려본 적이 있는 사람, 노래 하나,

가사 한 줄에 마음을 빼앗겨본 적이 있는 사람, 술술 읽히는 글에서도 적당히 느껴지는 무게감을 좋아하는 사람…. 나는 내가 아는 그들에게 이 책을 선물하련다. 그들에게 더없이 좋은 선물, 좋은 글이 되어줄 테니까. 아, 앞서 말한 '사람'들 가운데 당신 또한 포함된다면 나는 이름 모를 당신에게도 꼭 이 책을 권하고 싶다. 이경 작가의 글은 담담하지만 힘 있고 위트 넘치지만 솔직하다. 내가 그의 에세이를 좋아하는 이유고, 그의 글이 가진 가장 큰 장점이다. 그리고 이 책은 그 장점이 가장 도드라진 책이 아닐까 싶다.

사족을 달자면 이 글은 아무런 대가 없이 쓰는 추천사다. 맞다. 아무런 대가 없이도 강력히 추천할 만큼, 이 책은 좋은 책이다. 결국 삶이란 음악과 글, 이 두 가지 매체와 긴밀하게 연결되어 있다는 것을 새삼 깨닫게 해준 책이다.

정가영, 마누스 대표

음악 에세이를 내놓으며

삶은 가끔 묘하게 돌고 돌아 천천히 느린 속도로 목적지를 향하는 듯하다. 5년 전 글을 써봐야지, 책을 내봐야지 하는 다짐을 하고서 첫 책으로 준비했던 '음악 에세이'의 원고가 돌고 돌아 이렇게 다섯 번째가 되어서야 책이 되었으니까. 만약 5년 전 첫 책으로 음악 에세이가 나왔다면, 어쩌면 나는 쉽게 해냈다는 공허함이랄지, 허탈감을 사시고서는 더 이상 책을 쓸 생각을 하지 못하고 단권 작가로 남았을지도 모를 일이다.

그러니 돌아보면 그때의 실패가 내겐 보약이었다. 음악 에세이를 준비하고 출간하기까지 5년이라는 시간이 걸렸지만, 그 세월이 결코 헛되지는 않았다. 책이 되지 못한 음악 이야기를 대신해 나는 소설을 쓰고, 다른 이야기를 써내려갈 수 있었다. 언젠가는 음악 에세이도 책이 될 수 있지 않을까, 라는 믿음을 가진 채 나는 꾸준히 쓸 수 있는 사람이 되어갔다. 향하는 많은 것들이 비켜가는 세상 속에서 나는 조금 운이 좋은 사람이었다.

음악 에세이를 작업해준 출판사와의 인연이 재밌다. 몇 종의 책을 내고서 소셜미디어에 책 홍보를 핑계 삼아 시답잖은 농담이나 하고 있을 때 생각지도 출판사 대표님의 메시지를 받았다. 어떤 사람인지 궁금하다고, 요즘은 어떤 글을 쓰고 있느냐고, 함께 작업을 해보고 싶다고.

고백하자면 그때까지도 나는 이분이 나에게 농담을 건네고 있다고 생각했다. 출판사에서 먼저 다가와 살갑게 말 걸어준 호의에는 감사했지만, 흔히 말하는 '결'이 다르다는 생각. 자기계발서나 실용서 위주의 책을 작업해온 생각지도 출판사와 이렇다 할 접점이 있겠느냐는 오만한 생각 앞에서 대표님의 한마디가 내 마음을 흔들어주었다.

"출판을 하는 에디터라면 누구나 마음속에 어릴 때의 문학소녀가 있지 않을까요."

소셜미디어 메시지 창에서 이메일로 대화의 공간을 옮겼을 때, 대표님은 출판사의 임프린트 등록 신청을 마치고 신고증을 찾으러 오라는 소식을 기다린다고 하셨다. 생각지도 출판사의 임프린트로 문학 브랜드 '아멜리에북스'가 탄생하는 순간이었다. 남들을 행복하게 하는 게 삶의 낙인 아멜리에 같은 마음으로 책을 만들고 싶다는 대표님의 이야기에 한동안 묵혀두었던 음악 에세이를 다시 쓸 수 있었다.

어려서부터 좋아했던 음악이다. 우울할 때도 기쁠 때에도. 살면서 길을 잃고 헤맬 때마다 내가 기댄 곳엔 늘 음악이 있었다. 어찌나 좋았는지 한때는 직접 음악을 하고 싶기도 했다. 그렇게 좋아하는 음악으로 글을 쓸 수 있어서 좋았다. 책을 낼 수 있어서 좋았다.

5년 전 처음 쓰기 시작한 이야기이지만, 출간을 준비하며 대부분의 글은 새로 쓰거나 고쳐 썼다. 책은 모두 다섯 파트로 이루어졌다. 첫 파트에는 스무 시절의 첫사랑과 관련된 이야기를. 두 번째 파트에는 첫 사회 경험의 이야기를. 세 번째 파트에서는 가족에 대한 이야기와 네 번째 파트에서는 글을 쓰는 삶에 대해 다루었다. 그리고 마지막 다섯 번째 파트에서는 비교적 최근의 살아가는 이야기를 적어두었다. 그 모든 순간에 음악이 있다.

문득 5년 전 음악 에세이 원고를 투고했을 때 한 출판사에서 보내준 반려 메일이 떠오른다. 너무 개인적인 이야기라서 출간이 어렵겠다는 내용이었다. 그때나 지금이나 나는 그다지 변한 게 없다. 여전히도 또 지극히도 개인적인 이야기를 떠들어대고 있다. 다만 그 안에는 음악이 함께 있기에 공감해줄 수 있으리라 믿는다.

나에게 에세이를 쓰는 일은 내 안에 숨겨두었던 이야기를 불특정 다수에게 자꾸만 털어놓는 고백처럼 느껴진다. 대부분의 글은 해당하는 음악을 듣거나 떠올리며 썼다. 어릴 적 사랑하는 이에게 내 마음을 보이기 전에는 늘 술이 아닌 음악의 힘을 빌렸듯이.

음악 에세이를 쓰는 동안에 들었던 그 음악이, 그 노래가 내게 고백하라고 말했다.

— 이경

차례

PART 2.
구로공단으로 들어갑니다

PART 3.
가족이라는 끈

PART 4.

작가가 되려고요

PART 1.
나의 음악 취향

스무 시절의 고백
박혜경, 〈고백〉

지나서야만 온전히 보이는 것들이 있다. 가령 젊음이라든지 청춘 같은 단어들.

조지 버나드 쇼*George Bernard Shaw*가 그랬다던데. 젊음은 젊은이들에게 주기엔 아까운 것이라고. 나이 마흔 정도가 되어서야 조지 버나드 쇼의 명언이 비로소 진짜 명언으로 받아들여진다.

그러게. 지금쯤 나에게 젊음이 주어진다면 나 진짜 재밌게 열심히 살 수 있을 것 같은데. 나 혼자 쓰기에 버거울 정도의 젊음이라면 그거 나눠서 우리 엄마한테도 좀 주고 아버지한테도 좀 드리고 할 텐데.

아이에서 어른으로 넘어가는 법적 경계는 존재하지만, 그건 그저 행정 차원의 구분일 뿐 사람이 언제 아이에서 어른이 되는지 그 누가 알 수 있을까. 다만 많은 문학이나 예술 작품 등에서 스무 시절의 고단함과 어지러움을 이야기하듯 스물이란 '이제는 어른이 되어야 할' 것만 같은 상징적인 숫자는 분명한 듯하다.

그러니까 내가 어릴 적 생각하던 스물은 분명 아이에서 어른으로 넘어가는 경계의 숫자였다. 어른이 될 준비가 되지 않은 채 어른인 척하기에 급급해야만 했고, 미성숙하면서도 행동에 책임이 따르기 시작하는 나이. 한편 스물은 많은 이들이 답답한 교실에서 벗어나 대학생이 되는 나이이기도 했다. 스물이 되어서야 우리는 모두를 비슷하게 보이게끔 만들었던 교복을 벗어던지고 각자의 개성을 뽐낼 수 있었다.

나 역시 그런 보편적이고도 일반적인 스물의 시절을 보냈다. 고교 시절 열심히 공부하기보다는 밤늦게까지 PC통신을 즐기며 음악이나 듣고서, 막상 학교에 가서는 엎어져 잠만 자는 불량 학생이긴 했지만. 그래서 소위 말하는 명문대에 진학하진 못했지만 나에게도 '새내기 대학생' 같은 젊고도 푸른 스물의 시절이 있었다.

스무 시절의 하늘은 지금보다 한층 더 맑았던 것 같고, 스무 시절에 불어오던 바람은 지금보다 좀 더 시원했던 느낌이었으니, 그때가 분명 청춘이고 젊음이 아니었을까. 20여 년 전인 당시에는 '미세먼지'라는 단어도 없었으니 실제로 그때가 더 맑은 하늘이었는지도 모르겠고.

　지방의 조그마한 2년제 대학교의 신입생이 되었던 스물의 시절. 서울에서 통학을 하기도, 그렇다고 지방에서 하숙을 하기도 애매했다. 개강 후 한동안은 집에서 버스를 타고 다녔는데, 차비도 그렇고 길에 버리는 시간이 너무 아까웠다. 그렇게 보름 정도 학교에 다녔을 때 구원자를 만났다.

　그는 나보다 네다섯 살 많은 동기였는데, 운동 특기생으로 서울의 명문대에 다니다가 부상으로 어쩔 수 없이 자퇴를 하고는 새로이 신입생이 되었다고 했다. 나는 구원자를 '형'이라고 불렀으며, 그는 나와 멀지 않은 동네에 살았고, 무엇보다 차가 있었다.

　"너 그냥 내 차 타고 학교 다녀라. 나랑 같이 카풀하자."

　스물은 세상 물정 모르는 겉만 어른인 아이. 운전

15년차의 나는 이제야 매일 누군가를 데리러 가서 태우고 내려주는 게 얼마나 품이 들고 귀찮은 일인지 안다. 형은 길바닥에서 시간을 버리던 스물의 청춘을 그렇게 별거 아니라는 듯 구원해주었다. 그런 그에게 고맙다는 제대로 된 감사의 인사도 못 했다. 미성숙한 인간.

카풀을 하던 형의 차에서는 늘 음악이 흘렀다. 주로 당시 대중가요를 틀어주던 라디오를 들었던 건데 그중 유독 기억에 남는 곡이 있다. 박혜경이 부른 〈고백〉이다. 세상이 망할지도 모른다고 떠들어대던 세기말을 흘려보내고 나오는 '고백'이라니. 그런 이유에서인지 모르겠지만 〈고백〉은 여느 유행가와 달리 오랜 시간이 흐른 지금에서도 기억에 남는 트랙이 되었다.

1990년대 한국 가요는 경쾌하고 밝은 곡에 조금은 서글픈 가사로 이루어진 트랙들이 인기를 끌기도 했다. 곡만 들으면 분명 신나게 스텝을 밟고 몸을 흔들어야 할 것 같은데 노랫말만 따로 놓고 보면 서글퍼지는 트랙들. 이걸 아이러니의 매력이라고 할 수 있으려나. 1999년 끝자락에 나왔던 〈고백〉도 그런 부류의 곡이었다.

그러니까 내가 스물에 들었던 〈고백〉은 어쩐지 스물을 닮은 곡이었다. 대학생 새내기 같은 맑고도 푸릇

한 청춘의 느낌이 들면서도 한 치 앞을 내다볼 수 없는 불안과 걱정이 느껴지기도 했으니까. 고백이란 거 자체가 그렇지 않나. 하지 않으면 후회가 남고, 하고 나서는 앞으로 어떤 일이 벌어질지 알 수 없는 것. 어떤 고백은 미성숙하면서도 그에 따른 책임은 반드시 지게 된다. 일말의 가능성과 불안함을 함께 품은 고백이라는 행동이 꼭 스물과도 같다.

살면서 몇 번의 고백을 했고 또 몇 번의 고백을 받았다. 그런 고백 하나하나에 얼마나 많은 용기와 굳은 결심이 필요했을지 박혜경의 〈고백〉을 들을 때마다 생각한다.

〈고백〉은 2인조 밴드 더더*TheThe*의 보컬로 〈Delight〉, 〈내게 다시〉, 〈It's You〉를 불러 히트시켰던 박혜경의 첫 솔로 앨범 타이틀곡이었다. '일기예보'와 '러브홀릭'에서 음악 활동을 한 강현민이 작사, 작곡했다. 오래된 친구에게서 사랑의 감정을 느끼고는 고백하지 못하는 자신을 스스로 응원해가며 용기를 내겠다는 곡이다.

더더 시절부터 솔로 커리어까지 박혜경 음악의 가장 큰 매력이자 강점은 목소리 그 자체가 아닐까 싶다. 그만큼 박혜경의 음색에는 묘한 구석이 있다. 처음에는 맑고 깨끗한 목소리에 이끌려 듣게 되지만, 결코 그게 전부인 가수는 아니다. 부드럽고 모난 부분없이 흐를 것 같은 목소리가 고음 파트에 이르러서는 까실까실한 음색으로 변하는데, 이 상반된 소리에서 나오는 매력이 대단하다. 순수함과 처절함을 모두 아우를 수 있는 보컬이란 생각이다.

깔끔하고 모던한 사운드의 곡에 이런 독특한 박혜경의 목소리가 더해지니 결과적으로 호소력을 풍긴다. 나처럼 청춘의 시절 박혜경의 곡을 듣고 자란 이들 중 누군가는 분명 〈고백〉을 듣고서 사랑하는 이에게 자신의 마음을 전했을지도 모르겠다. 음악이 가지는 호소력이란 그런 거니까.

아, 한때의 스무 살 청춘을 구원해주었던 카풀 형과의 인연은 오래가지 못했다. 그 형이 좋아하던 한 여학생이 운명의 장난처럼 나에게 좋아한다 고백했고, 그 때문에 형과 나는 어색한 사이가 되어버렸다. 마침 학기 하나를 마친 여름방학이었다. 1학기 만에 나는 대학에 흥미를 잃었고, 그 길로 대학은 그만두었다.

그리고 나 역시 고백이 필요한 사람이 생겼다.
첫사랑의 시작이었다.

* 내가 좋아하는 이런저런 '고백'들

♪ 박혜경, 〈고백〉

♪ 델리 스파이스, 〈고백〉

♪ 라이너스의 담요, 〈고백〉

♪ 다이나믹 듀오, 〈고백〉

♪ 송창식, 〈맨처음 고백〉

♪ 이승환, 〈화려하지 않은 고백〉

처음의 처음
Maxwell, 〈Fortunate〉

　스무 되던 해 첫사랑 J를 만났다. 그전에도 분명 좋아하는 사람은 있었을 텐데, 어떤 기준으로 J를 첫사랑이라고 여기게 된 것인지. 그건 아마도, 그전에 경험하지 못했던 많은 것들을 J와 함께 해보았기 때문이겠지. 많은 사람들이 첫사랑을 잊지 못하는 이유 역시 그 많았던 처음의 순간을 기억하고 있기 때문이라고 믿는다. 그러니까, 아마도.

　J와는 PC통신의 한 동호회에서 알게 되었다. 전화선을 컴퓨터에 꽂고 사느라 통신비 청구서를 본 어머니에게 처음으로 '한량' 소리를 듣기도 했던 시절. 등짝

도 두어 차례 맞았던가. 채팅을 하기 위해선 대화명이 필요했는데 J는 당시 인기 있던 애니메이션의 여주인공 이름을 사용했다. 나는 그 이름이 J와 무척이나 잘 어울린다고 생각했다.

2000년 어느 가을날, 빨간 머리의 서태지가 등장하던 잠실의 한 공연장에서 모니터를 통해서만 이야기 나누었던 J를 처음으로 만났고, 나는 J에게 반했다. 하지만 J에겐 남자 친구가 있었고, 나는 그저 '친구'라는 이름으로 곁을 서성거려야만 했다. 내 마음도 모르고 가끔 남자 문제로 카운슬링을 요청해올 때는 못내 J가 미워지기도 했다.

그런 J와 남자 친구 사이에 조그마한 틈이 생겼을 때, 나는 있는 힘껏 그 틈을 파고들었다. J의 연인이 되기 위해서 몇 번의 손을 잡고, 몇 번의 포옹을 하고, 또 몇 번의 고백 비슷한 걸 했던 기억이다. 그렇게 우리는 조금씩 친구에서 연인이 되어갔다.

지금에 와서 J와의 이야기를 끄집어내는 게 어떤 의미가 있을까 싶지만, 그렇게 J가 나의 첫사랑이 되면서 그로 인해 잊지 못할 많은 '처음'을 경험하게 되었다는 점에서 내 기억이 허락하는 한 이따금씩 J를 떠올릴 수밖에 없다. 특히나 J와 함께 들었던 그 음악들을 들을 때는 어찌할 도리도 없이.

생각해보면 J와 지내면서 처음으로 경험했던 것 중에서는 아찔한 일도 있었다. 단둘이 J의 집에 있던 어느 날, 현관 도어락 비밀번호가 눌리는 소리에 급하게 J의 옷장 속으로 숨었는데, 장롱 틈 사이로 청소기를 들고 방을 청소해주는 그녀의 아버지가 보였다. J의 아버지가 이 문을 열면 어쩌지. 도둑인 척해야 할까. 창문 밖으로 뛰어내려야 할까. 많이 아플 것 같은데. 짧은 시간에 그토록 많은 생각을 한 적이 있었던가. 돌이켜보면 몹시도 철이 없던 스물이었다.

많은 어린 연인이 그러하듯 주머니가 가벼울 때는 정성이 깃들게 된다. 친구에서 연인이 되고서 얼마 지나지 않아 J에게 사랑에 관한 음악들을 선곡해 시디에 담아 주었다. 존 레논*John Lennon*의 〈Love〉나 〈Woman〉을 담았고, 스파이스 걸스*Spice Girls*의 〈2 Become 1〉은 J가 조금 야한 곡이라고 했었나.

그 외에 어떤 트랙들을 그 시디에 담았는지는 조금 희미해졌지만, 첫 곡만큼은 잊을 수가 없다. 미국 R&B 뮤지션 맥스웰*Maxwell*의 〈Fortunate〉였다. 어째서 이 곡이 J에게 전하는 내 마음의 처음을 장식하게 되었을까 싶지만, 가사를 보면 그건 거의 운명 같은 선곡이었다. 곡 자체가 많은 처음을 노래하고 있으니까.

너로 인해 나는 전에 보지 못했던 세상을 보게 되었고, 너를 만나게 되어 행운이라고 노래하는 〈Fortunate〉는 나와 J의 관계를 설명해주는 완벽한 곡 같았다. 첫사랑에게 처음으로 들려주었던 음악은 살면서 가장 좋아하는 R&B 트랙이 되었다. 누군가 R&B 음악을 추천해달라고 하면 지금도 가장 먼저 떠오르는 곡. 그렇게 〈Fortunate〉를 듣게 된 이들이 좋은 음악이었노라 답해줄 때면 내가 부른 노래도 아닌데 괜스레 기분이 좋아지곤 했다.

〈Fortunate〉는 내게 영원히 아름다운 기억으로, 완전무결의 곡으로 남았어야 마땅했을 텐데, 오랜 시간이 흘러 한 사람으로 인해 흠집이 생기고야 말았다. 바로 〈Fortunate〉의 프로듀서를 맡았던 알 켈리*R. Kelly* 때문이었다. 2021년 켈리는 미성년자 성착취 등 여러 건의 범죄 혐의에 대해 유죄 판결을 받았다. 동료 뮤지션들은 알 켈리에게서 등을 돌렸고, 유튜브에서는 관련 채널을 삭제했다. 그리고 일부 대중들 역시 켈리의 음악을 보이콧하기 시작했다.

알 켈리는 국내에서도 유명한 〈I Believe I Can Fly〉를 부른 뮤지션으로 1990년대부터 꾸준히 활동을 했고, 자신의 앨범뿐만 아니라 다른 가수의 음악을 프로듀싱하며 무수한 히트곡을 냈다. 나 역시 오랜 시간 알 켈리의 음악을 즐겨 들으며 지내왔다. 그러니 어쩌면 그의 모든 음악을 보이콧하기란 사실상 불가능에 가까운 일일지도 모른다. 특히나 1990년대의 힙합과 R&B 음악을 사랑하는 이라면 나도 모르게 알 켈리의 노래를 들을 수밖에 없다.

가령 R&B뿐만 아닌 팝 전체로 보아도 그렇다. 살아생전은 물론 지금까지도 또 앞으로도 팝의 황제라 불리게 될 마이클 잭슨*Michael Jackson*의 〈You Are Not Alone〉이 알 켈리의 곡이라는 사실을 아는 이는 많지 않을 것이다. 알 켈리의 음악을 보이콧하겠다고 마이클 잭슨의 음악까지 듣지 않을 수는 없는 노릇이다.

〈Fortunate〉역시 내게는 그런 곡이다. 평생 이 곡을 듣지 않고 살 자신이 없다. 음악을 만든 이가 아무리 파렴치한이라 하여도 이 훌륭한 음악까지 내 삶에서 밀어낼 수는 없다. 어쩌면 음악성 같은 것은 부차적인 문제일지도 모른다. 〈Fortunate〉를 내 삶에서 도려내는 순간, 스무 시절의 내 삶도, 그 많던 아름다운 처음의 기억들도 함께 사라져 버릴 것만 같을 테니까.

   * 장롱 속에 숨은 그날, 그 뒷이야기가 궁금하다는 에디터의
     물음에 답을 하자면 다행히 도둑인 척하거나 창문 밖으로
     뛰어내려야 할 일은 생기지 않았다. 사랑 앞에서 우리는
     얼마나 무모하고 뻔뻔했었는지.

   * 그리고 내가 좋아하는 맥스웰의 곡들
  ♪ 〈⋯Til the Cops Come Knockin'〉
  ♪ 〈Whenever Wherever Whatever〉
  ♪ 〈This Woman's Work〉
  ♪ 〈Pretty Wings〉
  ♪ 〈Fistful of Tears〉

추억이 늘 아름다울 수만 있다면
마로니에, 〈동숭로에서〉

　'한 아이를 키우려면 온 마을이 필요하다.'라는 말
이 있다. 아프리카 속담이라는데, 나는 무언가가 자라
기 위해선 주변의 도움과 관심이 필요하다는 뜻으로
받아들였다. 그런데 그런 도움과 성장의 관계가 꼭 아
이를 키우는 데만 국한되지는 않을 것 같다. 그저 친
구 사이였던 둘 사이가 연인으로 발전하는 데 누군가
의 도움이 계기가 되기도 하니까.

　첫사랑이었던 J와 연인이 되기 전의 일이다. 그러
니까 요즘 말로 열심히 썸을 타던 어느 날, 같이 밥을
먹기로 했는데 장소가 동숭로였다. 동숭로. 혜화역 대

학로의 거리. 살다 보면 문득 예술가의 기운을 느끼고 싶을 때가 있는데, 그럴 때면 나는 홍대나 파주, 혜화를 찾곤 했다. 홍대에서는 음악 예술인의 기운을, 파주는 미술과 출판 예술인의 기운을, 혜화는 많은 연극 예술인의 기운을 느낄 수 있다. 그러니 혜화동이든 대학로이든 동숭로이든, 어떤 이름으로 불리든지 이곳에서의 많은 추억이 있다.

이제는 거의 사라졌지만 '민들레영토'라는 예쁜 이름의 카페를 기억한다. 혜화에도 하나가 있었는데 지금 생각해도 독특한 방식으로 운영되는 카페였다. 이곳에서는 찻값이 아닌 '문화비'라는 걸 내면 얼마간의 시간 동안 차를 마시면서 머무를 수 있었다. 민들레영토에서 많은 청춘들은 책을 보고, 음악을 듣고, 이야기를 하고, 사랑을 나누었다.

소문이 사실인지 모르겠지만 민들레영토의 알바는 외모를 보고 뽑는다는 얘기가 있었다. 민들레영토에서 일하던 누나들은 예뻤고, 형들은 잘생겼었다. 친구 사이던 J와 혜화동에 갔던 날, 민들레영토에서 아는 누나가 일을 하고 있었고 우리는 그곳에 들렀다. 누나는 카페에 들어선 나를 알아보고 내 옆에 있던 J를 한번 바라보았다. 그리고는 이렇게 말해주었다.

"안녕하세요. 어서 오세요. 두 분이세요?
사이좋은 연인석 괜찮으세요?"

사이좋은 연인석이라는 말에 나는 어색하게 웃을
수밖에 없었다. J와 나는 서로 아무런 대답을 하지 않
았지만 자연스러운 누나의 이끌림에 사이좋은 연인석
을 안내받았다. 둘이서 마주 보고 앉는 자리가 아닌
옆에 붙어 같은 곳을 바라볼 수 있는 자리였다. 누나
의 도움으로 나와 J는 분명 한층 더 가까워질 수 있었
겠지. J와 함께했던 동숭로에서의 일을 떠올리면 이처
럼 설레고 아름답다.

J의 어깨에 처음 손을 올렸던 날도 동숭로의 한 공연
장에서 열린 박화요비의 콘서트에서였다. 그때 박화요
비의 공연이 어땠는지는 잘 떠오르지 않는다. 그저 그
순간의 어렴풋한 기억들. 게스트로는 소찬휘가 나왔었
지? 당시의 박화요비는 이제 화요비라는 좀 더 간결해
진 이름으로 활동을 하고 있고, 지금의 소찬휘는 연륜
이 느껴지는 나이가 된 것 같다. 아마 우리의 모습도
그렇겠지. 화요비의 공연이 끝나고, 어깨에 손을 올
린 이유를 물었을 때 나는 "추울까 봐."라는 짧은 답
을 했고, J는 그 짧은 대답에 웃음으로 보답해주었다.

상대가 누구이든 간에 동숭로에서의 기억은 대체로 아름답다. 더스틴 호프만*Dustin Hoffman*과 톰 크루즈*Tom Cruise*가 주연한 영화 〈레인 맨*Rain Man*〉이 대학로에서 연극으로 올라온 적이 있다. 자폐증을 가진 형과 그가 물려받은 유산을 노리는 동생이 함께 여행을 떠나는 내용의 명작이다. 대학로 무대에서는 임원희가 형의 역할을, 이종혁이 동생 역할을 맡았는데, 지금의 아내와 대학로에서 이 연극을 함께 보기도 했다.

도올 김용옥 교수가 마로니에 공원에서 길거리 강연을 하는 것을 본 적도 있다. TV에서 보던 유명인사는 침을 튀겨가며 행인에게 철학을 논하고 있었다. 그가 하는 말을 모두 알아들을 수는 없었지만, 잠시 가던 길을 멈추고 그의 강연을 경청하기도 했다. 그 특유의 말투는 TV에서 보던 그대로였다. 도올이 강연을 하던 자리에서 기타를 치며 노래를 부르고 사람들을 웃게 해주었던 누군가는 얼마 전 암으로 세상을 떠났다. 즐겁고 아름답기만 하던 기억들은 세월의 흐름 속에서 그렇게 점차 산화되어 가기도 한다.

장소와 공간을 노래한 많은 곡이 있지만 특히나 마로니에가 부른 〈동숭로에서〉를 사랑한다. 내게는 많은 추억이 깃든 장소니까. 마로니에가 부른 〈동숭로에서〉처럼 이 길 위에서는 자유가 느껴진다. 낭만이 느껴진다. 청춘과 사랑이 느껴진다. 〈동숭로에서〉의 메인 보컬 신윤미와 권인하는 그 어느 시절보다 이 곡을 부를 때가 아름답다.

요즘 권인하의 노래를 두고 '천둥 호랑이' 창법이라고 부르는 걸 봤다. 불호령을 내리듯 커다란 성량으로 노래하는 권인하의 창법을 빗댄 표현인 듯했지만, 〈동숭로에서〉를 부를 때의 권인하는 아름답다. 자유롭고 낭만적이다.

신윤미는 국내 음악사에 있었던 묘한 사건의 장본인이다. 1980년대 후반 다른 사람이 녹음한 노래를 립싱크로 부르며 활동해 전 세계적인 사기극을 벌였던 밀리 바닐리 사건의 한국판 주인공이었다. 그녀가 최초 레코딩했던 마로니에의 〈칵테일 사랑〉은 적지 않은 인기를 끌었다. 신윤미는 이 곡을 녹음하고 미국 유학길에 올랐는데, 소속사는 그녀를 대신할 새로운 멤버를 뽑았고 그들은 신윤미 파트를 립싱크했다. 립싱크가 흔하던 시절이었지만 다른 이의 목소리를 립싱크한 사건은 드문 일이었다. 〈칵테일 사랑〉의 보컬과 코러스, 편곡에 참여했던 신윤미는 후에 소속사를 상대로 소송을 걸었고 승소했다. 당시 그녀를 변호했던 변호사의 이름이 낯익다. 이름이 박원순이라던가.

어떤 사람이든 어떤 장소이든 그게 첫사랑과 관련된 것이든 아니든 추억할 수 있는 모든 것들이 늘 아름다울 수만 있다면 얼마나 좋을까.

* '동숭로' 근방을 노래하는 추천 곡들

♪ 동물원, 〈시청 앞 지하철역에서〉

♪ 동물원, 〈혜화동〉

♪ 에피톤 프로젝트, 〈이화동〉

♪ 오월, 〈종로에서〉

♪ 크라잉넛, 〈명동콜링〉

내가 파괴되던 순간
선우정아, 〈당신을 파괴하는 순간〉

"책에 '병신'이라는 단어를 써도 될까요?"

몇 년 전 한 소설가의 SNS에 올라온 질문이었다. 질문을 던진 이는 아마도 출간을 준비하는 작가 지망생이었던 모양인데, 질문을 받은 소설가는 "절대 안 됩니다."라는 단호한 대답을 했다. 그런가. 그런 단어는 쓰지 않는 게 좋은가. '병신'이라는 단어를 둘러싼 질문과 답을 보고 나는 조금의 혼란스러움을 느끼며 오래전 인터뷰 자리에서 만났던 한 뮤지션을 자연스레 떠올리게 되었다.

지금이야 몇 종의 출간 덕인지 작가라고 불러주

는 이들도 생겼지만, 오랜 시간 나에게 글쓰기는 혼자
서 즐기는 놀이에 불과했다. 출간은 생각지도 못하고
그저 좋아서 하는 놀이. 그러다가 서른 즈음부터 음악
웹진 『리드머』의 필진으로 참여하며 남들에게 보이기
위한 글을 쓰기 시작했다. 『리드머』에서는 3년 정도
열심히 글을 썼다.

　다른 이들이 주로 앨범 리뷰를 다루던 것과 달리 내
글은 이런저런 기획 기사나 지금 쓰고 있는 음악 에세
이와 비슷한 결이었다. 당시의 편집장도 내 글을 읽고
서는 "네 글은 음악 에세이다."라고 말해주었으니까.
뭐 어쨌든, 예나 지금이나 음악 웹진 매체의 주된 직
무 중 하나는 알려지지 않은 훌륭한 뮤지션을 세상에
널리 알리는 일이 아닐까 싶어서 될 수 있으면 그런
이들을 찾고자 노력했다.

　음악 웹진 활동을 하면서도 뮤지션을 만나는 일 없
이 글만 써오다가 꼭 소개하고픈 마음에 직접 뮤지션
을 섭외하고 질문지를 짜고 인터뷰를 진행한 일이 딱
한 번 있었는데, 그가 바로 선우정아였다. 지금이야
선우정아는 '뮤지션의 뮤지션' 같은 수식어로 불리며
대중과 평단 모두에게 인정을 받는 사람이 되었지만,
『리드머』에서 인터뷰할 때만 하더라도 대중적으로 그

리 크게 알려지지 않은 사람이었다.

『리드머』와 선우정아와의 인터뷰는 2013년 7월쯤에 이루어졌는데, 당시 그녀는 7년 만에 두 번째 앨범을 발표한 상황이었다. 그전부터 선우정아에 대한 관심은 있었지만 그에 대한 궁금증이 증폭되던 계기가 있었으니, 바로 정규 2집 앨범 발매에 앞서 선공개한 트랙 〈당신을 파괴하는 순간〉을 듣고 나서였다. 보컬을 따라 흐르는 쓸쓸한 관악 파트와 가스펠 스타일의 코러스, 피아노가 메인으로 쓰인 〈당신을 파괴하는 순간〉의 주제는 한마디로 '헤어지자.'다. 전체적인 가사는 보편적인 언어로 쓰인 듯했지만, 딱 한 줄이 유독 튀었다.

'병신 같은 얼굴 치워.'

〈당신을 파괴하는 순간〉의 화자는 처음부터 상대방에게 자신의 마음이 떠났음을, 또 변했음을 노래한다. 이제는 네가 싫고, 귀찮다고. 화자의 반대편에서 감정 이입하여 듣고 있노라면 정말 처참하게 버림받고 파괴되는 기분이 들어 금세 울적해져버리는 곡이랄까. 한마디로 좋은 곡이었다.

정규 2집 발매에 앞서 〈당신을 파괴하는 순간〉이 공개되고 SNS를 통해 선우정아와 메시지를 주고받은 적이 있다. 비록 곡 속의 화자는 먼저 헤어짐을 말하지만, 〈당신을 파괴하는 순간〉을 만들게 된 과정은 오히려 반대의 입장에서 시작되었던 듯하다. 선우정아는 그때 나에게 이런 메시지를 보내주었으니까.

"ㅂㅅ같은… ㅎㅎㅎ 어린 시절 차일 때 상대의 눈빛이 그렇게 말하고 있는 것 같았어요."

스물에 알게 된 J와 연인이 된 이후로 우리는 하루도 빠짐없이 만났다. 그 시절에 따로 돈을 벌었던 것도 아니고 부모님에게 용돈을 타 쓰는 철부지였을 텐데, 무슨 수로 그렇게 매일 만날 수 있었을까. 정말 그때는 돈이 아닌 사랑하는 마음만으로도 충분했던 걸까. J와 소원해진 것은 아이러니하게도 돈을 벌면서부터였다.

대부분의 젊은 연인들이 그러하듯 20대 초반 나에겐 군대 문제가 있었다. 다행인지 불행인지 내 몸뚱아리는 현역으로 군 생활을 하기엔 그리 건강한 상태가 아니었고, 신체검사에서 4급 보충역 판정을 받았다. 공익근무요원으로 활동해도 괜찮았을 텐데, IMF가 지난 지 얼마 되지 않았던 시기라 이왕이면 월급을 받으며 시간을 보내면 어떨까 싶어서 방위산업체 요원으로 군 복무를 대신하게 되었다. 그러니까 흔히 말하는 '공장'이라고 부르는 곳에 들어가게 되었다.

나는 공장이 그렇게 바쁜 곳인 줄 몰랐지. 지금처럼 주5일 근무제가 있던 것도 아니었고, 공장의 일손은 늘 부족했다. 잔업과 야근을 하는 날이 그렇지 않은 날보다 많았고, 주말은 사라졌다. J와 내가 살던 동네 사이를 20분 만에 이어주는 지하철 9호선도 그때는 부재했다. 결국 공장을 다니며 주머니는 조금씩 두둑해졌지만, 우리를 우리로 만들어주었던 시간은 점차 줄어들었다.

그러던 어느 날이었다. 공기가 달라졌다는 표현을 그때 처음 실감하게 되었달까. 오랜만에 만나 함께 저녁을 먹고 버스 뒷자리에 앉아 J를 데려다주던 길이었다. 우리는 서로가 다른 곳을 바라보며 자리에 앉아 있었다. 서로가 서로에게 전부였던 시간은 희미해져가고, 서로의 말과 행동이 하나둘씩 영향력을 잃어가던 그때, 눈치도 없이 코피가 흘렀다.

"어, 휴지 있으면 좀 줄래?"

창밖을 보던 J는 나를 보지 않고 차갑게 말했다.

"없어."

"나… 코피 나는데…."

그제야 J는 자신의 가방을 주섬주섬 열어 휴지를 찾
아 건네주었다. 생각하면 그날 J가 나에게 주지 않았
던 것은 단 몇 장의 휴지가 아니었다. 내가 던진 말과
행동들을 파괴시키며 관심을 주지 않은 것이다. 나는
J에게 따지지 않았고, J는 나에게 미안해하지 않았다.
우리는 서로에게 아무것도 아닌 것이 되어가고 있었다.

2013년, 선우정아가 노래한 〈당신을 파괴하는 순
간〉을 들으며 그날의 차갑던 공기와 해가 진 어둑한
하늘, 창밖을 바라보던 J의 모습이 떠올랐다. 선우정
아가 노래한 '병신'이라는 단어를 들으며 코피를 흘리
고 휴지를 구걸하는 내 모습이 떠올랐다. 지나온 연애
사에서 가장 비참했던 순간은 그렇게 선우정아의 곡
을 통해 되살아났다.

일상생활에서든 글이나 음악에서든 '병신'이라는
단어를 써도 되는지에 대한 논의는 심심찮게 이뤄지
고 있고, 그에 대한 답은 사람마다 다를 것이다. 다만
첫사랑과 이별을 직감하게 되었던 그날의 나에게서
병신 같은 모습이 그려졌던 것을 부정할 수는 없다.

선우정아 역시 비슷한 마음으로 〈당신을 파괴하는 순
간〉을 써내려갔을 테고. 기승전결을 따라 흐르는 그
노래의 마지막 가사는 온전하게 헤어짐을 말하는 '그
만하자.'다.

　눈치 없이 코피가 흐르던 그날 이후 며칠 지나지 않
아 J 역시 우리 인연의 '그만'을 꺼내었다. 첫사랑의
실패였다.

　* 처음 선우정아를 인터뷰했던 그때부터 지금까지도 여전히
　　선우정아의 음악을 좋아한다. 좋은 곡이 너무 많지만
　　그래도 딱 두 곡만 꼽으라면 3집에 실린 〈도망가자〉와
　　〈생애〉다.

따져 묻고 싶은 맘
김동률, 〈2년 만에〉

언젠가 최악의 이별 통보 방법에 관한 글을 봤는데 '잠수 이별'과 함께 '문자 통보'가 있었다. J는 잠수를 타진 않았지만 나에게 문자로 이별을 말했다. 그전부터 헤어짐의 시간이 다가오고 있음을 직감하고 있어서 그랬는지 막상 J에게 이별 통보를 받은 직후에는 놀라울 정도로 무덤덤했다. 뭐야, 아무렇지도 않잖아. 별거 아니잖아. 정말, 괜찮잖아. 그 무덤덤함이 단 몇 시간도 가지 못할 거라는 생각은 하지도 못한 채.

이별을 고하는 J의 문자를 보고, 나는 아마도 담배를 한 대 피우고, 이어서 또 한 대를 피우고, 컴퓨터에서 윈엠프를 켜고는 단 세 곡의 음악만을 걸어두었다. 임재범의 〈아름다운 오해〉와 인디밴드 코코어의 〈비 오는 밤〉, 김동률이 부른 〈2년 만에〉였다. 그리고 그 음악들을 들으며 베개를 베고 누워 우리가 헤어졌다는 것에 대해 조금씩 실감하기 시작했다. 1년이 조금 넘은 연애에 마침표가 찍히던 밤이었다.

윈엠프에 걸어둔 음악들은 하나같이 모두 내 마음을 찔러댔는데, 특히나 김동률이 부른 〈2년 만에〉의 가사는 그때의 내 상황과 묘하게 닮은 부분이 있어 내 슬픈 감정을 증폭시키기에 충분했다. 첫사랑이었으니 첫 이별이었다. '베개를 적신다.'라는 표현이 단지 비유가 아닌 실재임을 깨달았던 날이기도 하다.

〈2년 만에〉는 김동률의 두 번째 정규 앨범 《희망》에 실린 곡으로 R&B 냄새가 물씬 풍기는 곡이다. 듣고 있으면 어쩐지 따뜻한 사운드에 겨울 냄새가 나기도 하고. 그러니 몹시 서글픈 따뜻함이랄까. 한국의 군 복무 기간과 비슷한 기간을 제목으로 쓴 탓에 가사를 자세히 들여다보지 않은 누군가에겐 군대와 관련된 곡으로 오해를 사기도 했던 곡이다. 〈2년 만에〉의 가사를 보면 군대로 인한 이별을 노래한 것은 아니고,

곡 속 화자는 2년 정도의 유학을 하고서 돌아온 것으로 보인다.

그런데 그 가사들이 묘하게 J와 나의 상황을 노래하는 듯했다. 생각이 잘 나지 않는 마지막 목소리와 몇 줄의 글로 나를 떠난 사람. 그저 2년만 기다려주면 됐는데, 하고 노래하는 이야기들. 화자는 타국으로의 유학이었으니 정말 볼 수도 없었을 테지. 반면 나는 다른 나라로 떠난 것도 아니었고, 군대에 들어간 것도 아니었는데. 그저 조금 바쁜 공장 생활. 물론 이전과 달라진 생활에 몸과 마음이 많이 지쳐가긴 했지만, 엄연히 사회에 남았으니 마음만 먹는다면 얼굴을 볼 수 있는 사이였는데…. 그럼에도 J는 전과 달리 자주 볼 수 없던 우리 사이를 힘들어했다. 함께하기로 한 약속들이 공장 일정으로 취소되는 날들이 늘어가면서, 그렇게 실망하는 날이 늘어나면서 조금씩 지쳐갔겠지.

가끔 생각해본다. 기다리는 사람과 기다리게 하는 사람 중 누구의 마음이 더 힘들지를. 별 의미가 없는 질문이지만 〈2년 만에〉의 가사처럼 J에게 조금은 따져 묻고 싶기도 했다. 그럼, 나는 쉬웠을까? 너를 자꾸만 기다리게 했던 내 마음은 쉬웠을까?

J와 헤어지고 오랜 시간이 지난 어느 날, 우리는 J의 집 앞 놀이터에 앉아 이야기를 나누었다. 나는 우리가 헤어져야만 했던 이유를 물었고, J는 무어라 대답했지만, 그 대답이 무엇이었는지는 기억나질 않는다. 어쩌면 나는 그저 한번 묻고 싶었던 것인지도 모르겠다. 정말 그저 한번 물어만 보고 싶었던 것인지도 모르겠다.

J와 헤어진 지도 20년이 훌쩍 넘었으니 이제 김동률이 노래한 〈2년 만에〉의 10배에 해당하는 시간을 흘려보낸 셈이다. 당연하게도 혹은 다행이게도 이제는 〈2년 만에〉를 들어도 예전처럼 슬픈 감정이 차오르거나 베개를 적실 일은 없다. 다만 J가 나에게 이별을 통보한 그날로 시간을 돌릴 수 있다면, J에게 문자가 아닌 다른 방식을 생각해보라고 권하고 싶다. J가 나에게 최악의 무엇인가를 남기는 사람은 아니었으면 좋겠으니까. 그러니까 그게 설령 이별의 방식이라 하더라도.

* 가끔 김동률의 목소리로 이런 곡을 부르는 건 반칙이 아닌가 싶을 때가 있다. 전람회 시절의 〈취중진담〉이나 〈기억의 습작〉 그리고 솔로 시절에 부른 〈Replay〉 같은 곡은 특히.

나를 보고 웃는 것도 아닌데

박혜영, 〈사진〉

초등학교 6학년 때였다. 친구 집에 놀러 갔더니 거실 한쪽에 카메라가 있었다. 1990년대 초반이었으니 물론 필름 카메라였다. 그 시절의 초등 6학년 아이가 카메라 만져볼 기회가 뭐 많이 있었겠나. 카메라는 그저 어른들의 전유물이었지. 호기심과 신기한 마음에 친구와 함께 카메라를 이리저리 둘러보고 만져보았다.

무엇이든 잘 모르는 걸 처음 경험하게 될 때는 실수를 하기도 하고 위험이 따르기도 한다. 카메라를 많이 만져보지 못했던 나는 카메라의 필름이 빛에 노출되면 그동안 찍어두었던 사진들이 모두 날아간다는 걸 알지 못했다. 어리바리 카메라를 만지다가 필름을 넣는 케이스가 열렸는데, 카메라에 대해 잘 몰랐던 나도 그 순간엔 무언가 잘못되었음을 직감했다.

그 후 친구 아버지는 사진이 모두 날아간 것을 알게 되었고, 내가 아닌 친구에게 화를 내셨다. 차마 아이의 친구까지 혼내지는 못하셨던 거겠지. 필름에는 친구 사촌 누나의 대학 졸업 사진이 들어 있었다고 했다. 민폐를 끼쳤구나. 친구에게도, 친구 아버지에게도, 친구의 사촌 누나에게도. 그 누구에게도 미안하다는 말을 하질 못했다. 그분들에겐 정말 소중했을 찰나의 순간들이었을 텐데.

세상이 편해지면서 아이러니하게도 소중하게 생각했던 어떤 것은 예전만 못하게 되는데, 대표적인 게 사진이 아닌가 싶다. 필름을 넣고, 한 장 한 장 신중하게 사진을 찍고, 촤르르르 다 찍힌 필름이 돌아가는 소리가 들리면 그제야 사진관에 필름을 맡기고, 그렇게 인화 과정을 거쳐야만 간직할 수 있던 사진이었는데. 핸드폰에 카메라가 달리기 시작하면서 이제는 쉽게 찍고, 또 쉽게 지운다.

그래서인지 스마트폰이 탄생하기 전에는 사진을 소

재로 한 애절한 감성의 곡들이 있었다. 그중 가장 좋아하는 곡을 꼽으라면 박혜영의 〈사진〉이다. 박혜영이 부른 〈사진〉은 할 일이 없어서 시작한 책상 정리에서 하필이면 옛 연인의 사진이 나오고, 하필이면 사진 속 그 사람은 웃고 있고, 헤어진 지 몇 년이 지났음에도 나는 그 사진을 보면서 울고, 하는 조금은 신세 처량한 내용의 곡이다.

김현철이 작사, 작곡한 곡으로 이소라가 이 곡을 탐냈다고 했던가. 원래 이소라에게 주려고 했던 곡이랬나. 아무튼 그런 이야길 들은 것 같기도 한데, 이소라가 불렀어도 정말 잘 어울렸겠다는 생각이 든다. 곡에서 가장 좋아하는 부분을 꼽으라면, 그대를 찍은 것도 아닌데 그댄 거기서 웃고 있음을 노래하는 부분이다. 화자는 분명 모든 사진을 다 버렸다고 생각했는데, 그의 얼굴이 담긴 사진이 서랍에서 나올 수 있었던 것은 '그대를 찍은 것이 아니었기' 때문이었겠지. 자신을 찍은 것도 아닌데 웃고 있었다니. 평소에 무척이나 잘 웃는 사람이었나 봐.

누군가 카메라를 향해 환히 웃는 이의 사진을 볼 때면 그 사진을 찍어준 이는 누구였을까, 하는 생각을 하기도 한다. 누구였기에 사진 속 저 사람은 저렇게 환히 웃는 걸까. 저 웃음이 분명 날 향한 웃음은 아닌데, 아름답네 하면서. 웃는 모습은 웬만해선 다들 예쁘니까. 웃는 얼굴에는 침도 못 뱉는다고 하니까. 그래서 다들 사진 찍을 때 그렇게 '웃으세요'를 강요(?)하는가 싶기도 하고. 그런데도 살면서 가장 어려운 일 중 하나는 사진 찍을 때 웃는 게 아닌가 싶고. 사진 찍을 때 누군가 웃으라고 하면 나는 왜 그렇게 볼이 부들부들 떨리는지.

물건을 쉽게 버리는 성격의 사람이 아닌지라 책상 서랍은 늘 번잡하게 무엇인가로 채워져 있다. 박혜영이 부른 〈사진〉의 주인공처럼 나 역시 책상 정리를 할 때면 생각지도 못한 물건들이 나올 때기 있다. 버릴까? 놔둘까? 놔두자니 미련이고, 버리자니 추억이 사라져버릴 것만 같다.

〈사진〉의 노랫말처럼 어느 날에는 책상 서랍 깊숙한 곳에서 J의 사진이 나왔다. 사진이 귀하던 시절, J가 나에게 주었던 몇 장의 사진 중 하나였다. 사진이란 거 참 묘하지. 찍는 순간 과거가 되어버리는 것. 젊은 시절의 J는 사진 속에서 싱그러운 미소를 머금으며 웃고 있었다. 나를 향해 웃는 것도 아니었는데.

J도 분명 잘 웃는 사람이었구나. 누가 J를 이렇게 웃게 했던 걸까. 나와 함께 지내던 시절에도 J는 이런 웃음을 보였던가. 책상 서랍을 정리하는 날에는 왜 이렇게 처량하고 궁상을 떨게 되는 건지. 이런 거 보면 김현철이 가사를 진짜 잘 쓴다니까 정말.

* 동명의 곡으로는 패닉 2집의 마지막 트랙으로 실린 〈사진〉도 아낀다. 1분 43초의 아주 짧은 트랙.

어쩌면 평생을 두고서
조규찬, 〈추억#1〉

사람이 살면서 평생 들을 수 있는 음악은 7만 곡 정도라는 글을 본 적이 있다. 정확한 출처도 모르는 채 어디에선가 떠도는 글로 접한 거라 사실 여부는 모르겠지만, 대략 60년 정도 음악을 듣는다 치면 일수로는 21,900일이니 하루에 3곡 정도를 듣는다면 7만 곡 정도가 되는 셈이다.

지금은 유튜브나 음원 스트리밍 등 예전에 비해 음악을 들을 수 있는 환경이 나아졌으니 그 숫자는 훨씬 늘었을지도 모르겠다. 실제로 얼마 전 애플 뮤직의 음악 컬렉션이 1억 곡을 넘었다는 기사를 보았다. 1억 곡이라니. 현 시대의 사람들은 과연 살아가면서 평생 몇 곡이나 들을 수 있을까. 사람의 시간은 정해져 있고 들을 수 있는 곡의 숫자 역시 물리적인 한계가 있다. 1억은 그저 선택의 폭이 넓어졌다는 것뿐, 우리의 시간은 한정돼 있다.

많다면 많고, 적다면 적은 그 숫자 안에서 어떤 음악은 유행하는 한 시기에 잠깐 듣고 말고, 어떤 음악은 단 몇 초 만을 듣고서 다시는 듣지 않기도 한다. 반면 어떤 곡은 간헐적으로 잊지 않고 계속하여 플레이하기도 한다. 어쩌면 평생을 두고서 그럴지도. 삶의 정해진 숫자 안에서 몇 번이고 반복해서 듣는 곡이 있다면, 그건 정말 특별한 음악 아닌가.

내게는 조규찬의 〈추억#1〉 같은 곡이 그렇다. 1년에도 몇 번이고 문득문득 떠올라 꼭 찾아 듣게 되는 곡. 그 주기라는 게 딱히 정해져 있지는 않고 그야말로 간헐적으로 듣게 되는데, 그만큼 질리지 않는 훌륭한 곡이 아닌가 싶다. 〈추억#1〉은 조규찬의 솔로 데뷔 앨범에 실린 곡으로 조규찬이 작사, 작곡했다.

어려서부터 책 읽는 시간보다 음악 듣는 시간이 많았던 나는 심심찮게 내 글쓰기의 대부분은 음악에서 배웠다고 말하는 편이다. 지금도 좋아하는 작가와 책을 말해보라고 하면 멈칫할 테지만, 좋아하는 뮤지션과 가사를 말해보라고 하면 밤을 새워서라도 이야기할 수 있을 정도다.

그러니까 어떤 이야기이냐면 문학이나 글쓰기에 나오는 무슨무슨 법 같은 것들. 가령 누군가는 반어법을 이야기할 때 가장 먼저 김소월의 〈진달래꽃〉을 떠올릴 것이다. 나 보기가 역겨워 가실 때에는 죽어도 아니 눈물 흘리겠다는. 하지만 내게 반어법이라고 하면 조규찬의 이 곡이 가장 먼저 떠오르는 식이다.

조규찬의 〈추억#1〉 속 화자가 당차고 자신만만하게 너를 잊을 수 있다고 노래하는 것이, 실은 너뿐만이 아니라 너와 함께 보았던 많은 것들과 너와 함께했던 그 모든 것들을 절대 잊을 수 없음을 노래하는 '반어법'이라는 것. 네가 떠나도 나는 괜찮다고, 아무렇지 않다고 말하는 것이 사실은 전혀 그렇지 못한 상태인, 사실은 떠나가는 그 뒷모습에도 무척이나 아파하고 있는 '애이불비哀而不悲'를 노래한다는 것.

어떻게 글을 써야 읽어주는 이에게 효과적으로 전달이 되는지, 어떤 글이 사람을 웃기고 울리는지, 무엇보다 어떤 글이 리듬감 있게 읽히는지, 흔히 말하는 라임*rhyme*, 즉 운율감 역시 이런저런 노랫말을 통해 배웠다. 이처럼 내가 쓰는 글쓰기에 필요한 대부분의 것들은 책이 아닌 음악을 통해 배웠다. 그러니 내 글 속에 어떠한 작법이라고 부를 만한 게 담겨 있다면 그건 모두 음악을 통한 발현임이 분명하다. 그게 글에 담긴 리듬이든 감정이든 감성이든 모든 게 그렇다.

조규찬의 〈추억#1〉은 특히나 첫사랑에 실패한 이후로 줄곧 잊지 않고 듣는 곡이 되었다. 살면서 만남 몇개, 이별 몇개, 그렇게 그리움 몇개가 쌓이면서 이제는 꼭 첫사랑만을 위한 곡은 아니게 된 것 같기도 하고. 이렇게 〈추억#1〉을 계속 듣게 되는 데는 살면서 잊히지 않는, 또 잊을 수 없는 것들이 자꾸만 생겨나기 때문이겠지. 점차 희미해지기야 하겠지만 문득한 번씩 떠오르고야 마는 그런 거. '추억'이라는 게으레 그렇게 생겨먹은 거니까. 그러니 역시 평생을 두고서 이 곡을 찾아 듣게 될지도. 물론 조규찬의 곡 말고도 이런 곡들은 여럿 있다. 평생을 두고서 찾아 듣게 될 몇몇 음악들.

생각해보면 살면서 만나고 헤어지는 많은 인연들도 오래전 좋아했던 음악과 마찬가지가 아닐까 싶다. 잠깐 듣고 잊어버리는 곡이나 오랜 시간이 지나도 문득 떠올라 다시 찾아 듣게 되는 곡이 있는 것처럼, 한때는 전부였던 것처럼 좋아했지만 이제는 이름조차 가물가물한 사람이 있는가 하면, 오랜 세월이 흘러도 잊히지 않고 문득 떠오르는 사람이 있기도 하니까.

그렇다면 나는…? 나는 어떠할까? 한때 나를 알고 지냈던 누군가에게 나는 어떤 존재로 남아 있을지 문득 궁금해지기도 한다. 이름 정도는 잊히지 않았으면 싶기도 하고, 또 이왕이면 그 인간 그리 나쁘지 않았는데, 꽤 괜찮은 사람이었는데, 하고서 문득 떠오를 수 있다면 좋을 것 같기도 하고.

너의 음악 취향
015B, 〈그녀의 딸은 세 살이에요〉

J와 헤어지고 처음으로 맞이한 주말에 광화문 거리를 걸었다. 돌담길을 걸으며 이문세의 〈옛사랑〉을 듣다가, 서태지와 아이들의 〈필승〉을 듣다가, 다시 이문세와 고은희가 부른 〈이별 이야기〉를 듣는 식이었다. 〈옛사랑〉과 〈필승〉이라니. 우습지도 않네. 지금 생각하면 감정적으로 참 복잡했었나 봐.

그럴 땐 그저 시간이 약이겠지. 그런데 잊히지 않으면 또 어쩌지. 그때의 나는 그런 생각들만 하고 있었던 것 같다. 그렇게 J와 헤어지고, 시간이 흐르고서, 쉽게 J를 잊을 수 없을 것 같다는 생각이 들었을 때 내 마음을 가장 쓸쓸하게 했던 곡이 생겼다. 015B 5집에서 이장우가 부른 〈그녀의 딸은 세 살이에요〉였다.

J가 결혼을 하고, 아이를 낳고, 그 아이가 만약 딸이고, 세 살이 되었을 때도 J를 향한 내 마음이 그대로이면 나는 어쩌나 싶었으니까. 스무 살 되던 해 처음 만나고, 그땐 다 컸다고 생각을 하고, 하루도 거르지 않고 매일을 만나며, 사랑이 전부라고 여겼다는 그 노랫말들이 하나같이 모두 내 이야기와도 같았으니까.

하지만 삶은 그렇게 우려하던 대로만 흐르지는 않았다. 〈그녀의 딸은 세 살이에요〉를 들으며 한없이 우울해할 나를 걱정했었는데 오히려 J보다 앞서 내가 먼저 결혼을 하게 되었으니까. 결혼 소식을 알리던 날 친구들은 의외라는 듯 놀라기도 했다. 나는 아예 결혼을 안 하거나 아주 늦게 할 줄 알았다나. J와는 헤어진 지 10여 년이 지난 뒤였다.

그러고서 또 한 5년이 흐른 어느 날 J에게서 연락이 왔다. 그때 우리는 구남친이니 구여친이니 하는 농담을 할 수 있는 사이가 되어서는, 잘 지내? 웬일이야? 나 결혼해, 청첩장 보내줄게, 하는 이야기를 대수롭지 않게 나누었다. 무덤덤함. 그리고 진심이 담긴 축하를 건네고서, 그런데 요즘 좀 바빠, 주말에도 시간을 내지는 못할 것 같으니 청첩장은 보내주지 않아도 된다는 이야기를 나누었다. J는 서운해하지 않았고, 나도 그리 미안해하지 않았다.

그렇게 J의 결혼 소식을 들은 날, 저녁이 되자 무덤덤했던 마음은 조금씩 과거의 일들을 소환하기 시작했고, 결국 퇴근길에는 벨벳 언더그라운드*Velvet Underground*의 〈Pale Blue Eyes〉를 들어야만 했다. 네가 결혼했다는 사실은, 우리가 친구라는 것을 증명할 뿐이라는 그 가사를 느끼기에 더없이 좋은 날이었다. 철없던 스무 시절에 만난 어린 남녀가 이제는 영락없는 아저씨 아줌마가 된다니. 시간이란 건 정말 놀라운 거구나.

누군가는 헤어진 이성 친구와 계속 연락을 하며 알고 지내는 일이 이해가 안 될지도 모르겠다. 나는 희한하게 내가 차이고서는 친구가 될 수 있다고 믿는 편이다. 그 반대는 도저히 무리고. J와는 아직도 알고 지내는 걸 보면 내가 J에게 차인 게 틀림없는 거겠지?

J와 이야기를 나누면서 나는 J에게 조심스레 묻기도 했다. 그런데 있잖아, 내가 네 결혼식에 가도 돼? 남편 될 분에게 실례 아닌가? J는 남편 될 사람에게 내 이야기를 했다면서, 괜찮다고 말해주었다. 나를 안다

고? 왜? 어떻게 아는데?

역시나 대수롭지 않게 이어졌던 J의 대답.

"내 음악 취향은 네가 만들어줬다고 얘기했거든."

스스로 보잘것없는 존재라고 여기며 살았는데. 살
면서 누군가의 음악 취향을 만들어주었다고 생각하
니, 헛살지는 않았구나 싶어 J의 그 대답을 무척이나
고마워하며 오래 되새겼다. 나에게 음악은 참 소중한
데 너에게도 음악이 그런 거라면, 나는 너에게 적지
않은 영향을 끼친 거구나, 싶어서.

음악이 가진 가장 무서운 힘은 과거의 어느 시절로
나를 돌려보내는 일이지. J와 함께 들었던 음악 혹은 J
와 관련된 음악을 들을 때마다 나는 이따금씩 J를 떠
올리며 살아갈 수 있겠지. 스무 시절의 젊은 청춘이
되어서는.

아, 그리고 J는 자신을 똑 닮은 딸을 낳아 살아가고
있다.

* 카더가든이 커버한〈그녀의 딸은 세 살이에요〉도 추천한다.

PART. 2.
구로공단으로 들어갑니다

그때에도 스미스를 알았더라면
The Smiths, 〈Heaven Know I'm Miserable Now〉

KBS 드라마 〈TV 손자병법〉을 통해 처음으로 '회사'의 모습을 보았던 것 같다. 드라마에 등장하는 회사가 어떤 일을 하는 곳이었는지 하는 세세한 내용은 떠오르지 않지만, 극 중 등장인물들의 이름을 유비, 관우, 장비, 조조 등 삼국지 속 역사 인물에서 따온 것만은 기억한다.

어쨌건 그게 처음이었다. 여러 사람이 모여 일을 하는 회사라는 곳을 본 게. 그러고 보면 모을 회會와 모을 사社를 쓴 회사라는 단어의 순서를 바꾸면 사회가 되는 것도 흥미롭다. 유치원을 지나 초등학교, 중학

교, 고등학교까지 조그마한 사회 속에서 살아오면서
도 훗날 회사를 다니게 될 거란 생각은 하질 못하고
살았는데. 특히나 그곳이 구로공단의 공장이 될 줄은.

생각하면 그때 나는 주변 친구들을 보며 적잖이 어
지러워했다. 또래의 친구들은 일찍이 군대를 갔거나
혹은 대학을 다녔으니까. 친구들과 사뭇 다른 생활을
하기 시작하면서 알 수 없는 두려움이 들었다. 한번
모이자, 여기서 월급 타는 사람은 나밖에 없으니까 술
값은 내가 낼게. 혼자 돈을 번다는 이유로 가끔씩 친
구들을 만나 술값을 내주었지만, 그렇게 모인 녀석들
이 학점이나 MBA 같은 이야기를 할 때면 나는 조금
외로웠다. 우리는 각자 어디로 향하는 걸까?

공장을 다니며 부조리하다고 생각되는 광경도 많이
보았는데, 그때마다 나는 조용히 묵도하는 편을 택했
다. 군대 대신 들어온 공장이었으니까. 시키면 시키는
대로 그렇게 지냈다.

공장은 휴대폰을 만드는 곳이었다. PCB판을 찍는
것부터 자재를 조립해 완제품을 만들고, QC라고 부르
는 품질검사까지 모두 한 건물에서 이뤄지고 있었다.
QC에서 합격 판정을 받은 휴대폰은 포장반에서 박스

에 담아 꽁꽁 래핑을 하고는 수출의 다리 너머로 보냈다. ('수출의 다리'는 비유가 아닌 실제 다리 이름이다.)

처음에는 공장에서 쓰는 용어도 알아듣지 못해 곤란했다. 입사 후 한동안은 박스 포장하는 일을 돕다가 며칠 후 포장 반장으로부터 "너는 이제 아쎄이로 간다, 아쎄이."라는 말을 들었을 때 '아쎄이'가 무엇일지를 혼자 추측하기도 했다. 공장에서 말하는 '아쎄이'는 조립을 뜻하는 'Assembly'를 부르는 말이었다. 그렇게 나는 휴대폰 조립 부서로 옮겨가게 되었다.

조립 부서에는 몇 개의 컨테이너 벨트가 돌아가고 있었다. 작업자들은 컨테이너 벨트를 타고 흐르는 반제품에 자신이 맡은 자재를 하나하나 조립해나갔다. 물 흐르듯 공정이 이어지면 좋겠지만, 일에 익숙하지 않은 작업자가 있으면 컨테이너 벨트는 수시로 멈추곤 했다. 그럴 때 관리자는 작업자를 다독이지 않고 욕을 했다. 그리고 안타깝게도 입사 초기 나는 컨테이너 벨트를 자주 멈춰 세워야만 했다.

단순하고도 반복되는 일은 금방 적응되었지만, 사람을 바보로 만드는 것 같았다. 잠에 못 이겨 꾸벅꾸벅 고개가 떨궈질 것 같으면 어느새 김 계장이 다가와 도끼눈을 하고서는 노려봤다. 실제로 김 계장에게 뒤통수도 몇 번 맞았다. 김 계장은 필요 이상으로 화를 내고 소리를 지르는 사람이었다. 공장 작업자들 다수는 사십 대 이상의 아주머니들이었다. 김 계장은 엄마뻘 되는 사람에게도 소리를 지르고 욕을 했다. 씨발새끼. 나는 속으로 김 계장을 그렇게 불렀다.

공장에는 해외 노동자들도 있었다. 주로 중국이나 필리핀 여성들이었는데, 말이 통하지 않으니 정말 단순한 업무만을 맡겼다. 그럼에도 사람이 하는 일이니 실수는 일어났다. 김 계장은 내가 대학을 다니다 왔다는 이유만으로 필리핀 여성에게 통역을 시켰다. "야, 저 새끼한테 한 번만 더 실수하면 잘라버린다고 말해." 손짓 발짓해가며 완곡한 표현으로 말하려고 했지만, 필리핀 여성은 내 말을 듣자마자 눈물을 터트렸다. 나는 미안한 마음에 조금 죽고 싶은 마음이 들었고, 속으로 다시 한 번 김 계장을 불렀다. 개씨발새끼.

회사 관리자가 바보짓을 하면 작업자들이 몹시 피곤해진다는 것도 그때 알게 되었다. 한 부장은 컨테이너 벨트 작업자들의 집중력을 높이고 불량률을 줄이겠다는 이유로 하루아침에 작업 의자를 모두 치워버렸다. 앉아서 일하던 작업자들은 하루 종일 서서 일을 해야 했다. 한 부장의 예상과 달리 작업 능률은 오르지 않았고, 공장에서는 전에 없던 파스 냄새가 나기 시작했다.

결국 몇 주 후 치워졌던 의자가 컨테이너 벨트 앞으로 돌아왔다. 당연시 여겼던 일들이 제자리로 돌아오자 아주머니들은 잘된 일이라며 박수를 쳤다. 작업자들의 의자를 모두 치우라는 지시를 내리고 자신의 자리로 돌아가 김이 모락모락 나는 믹스 커피를 마시며 웃던 한 부장의 얼굴에서는 어쩐지 악마의 모습이 떠오르기도 했다. 회사라는 곳은 그렇게 좋은 사람들도 있었지만, 싫은 사람들도 존재하는 곳이었다.

공장에 들어온 후 줄곧 조립 부서에서 단순 노동을 하던 나는 1년이 조금 넘어 자재 관리를 맡게 되었다. 하루아침에 작업자에서 관리자가 된 셈인데, 내가 조금이라도 김 계장이나 한 부장의 싫은 모습을 닮아가는 것처럼 느껴질 때면 자기혐오에 빠지곤 했다. 군대 문제가 아니었더라면 굳이 다니고 싶지 않은 공장이었다.

더 스미스*The Smiths*의 〈Heaven Know I'm Miserable Now〉는 직업을 찾고 직업을 구한 직후의 비참함을 노래한다. 내가 지금 얼마나 비참한지 하늘은 알 것이라고. 내가 죽든 말든 아무런 신경도 쓰지 않을 사람들을 위해 일을 해야 하는 그 밥벌이의 고단함을.

곡은 1984년에 나왔지만 공장에 다닐 적에는 모르던 곡이다. 더 스미스는 그로부터 한참이 지나 알게 되었다. 공장 안에서도 공장 밖에서도 혼란해하며 외로운 시간을 보내던 그때에도 스미스를 알았더라면. 스미스의 이 곡을 알았더라면 나는 자주 듣고서 위로를 받았을지도 모르겠다.

  * 더 스미스의 곡 중에서는〈Asleep〉이라는 곡을 특히나 좋아한다. 소설『월플라워 *The Perks of Being a Wallflower*』에 등장하기도 하며, 영화화되었을 때는 OST에 실리기도 했다.

너는 아름다웠지만

James Blunt, 〈You're Beautiful〉

구로공단 공돌이 시절, 수출의 다리 너머 주말도 없이 하루 수만 대의 핸드폰을 만들어 보내면서 내 청춘도 같이 갈아 넣어 보내는 느낌이었다. 아무리 군대 대신이라지만 이건 좀 심한 거 아닌가 싶을 때도 있었다. 회사에서 잘리면 처음부터 군 복무를 시작해야 했기에 그걸 약점으로 협박을 일삼는 이들도 있었다. 더러운 놈들. 내가 소집해제만 돼봐라. 여기 바로 뛰쳐나갈 거다.

2년 조금 넘게만 다니면 되었을 공장이었는데, 스물하나부터 스물다섯까지 생각보다 훨씬 긴 시간을

71

공장에서 보냈다. 동갑내기의 친구들이 가난한 대학 생활을 할 때 비교적 부유한 월급의 노예를 택한 셈이다. 2년이 지나 소집해제가 되고서는 "너, 잘라버린다." 하는 협박도 사라졌다. 그렇게 지겨워하던 공장 생활이 익숙해지고 편해지자 왠지 두려운 마음이 들었다. 이제는 정말 이곳을 그만두어야겠다는 생각이 들었다.

한편 바쁜 공돌이의 삶을 살면서 첫사랑에 실패했다고 여겼는데, 아이러니하게도 그 후에 많은 인연이 공장에서 생겨났다. 주변에 같이 일하면서 연애하고 결혼하는 이들을 이해할 수 없었는데 생활 반경이 집 - 공장 - 집 - 공장이 되면서 나도 어쩔 수 없이 공장에서 사랑을 찾게 된 것이다.

어릴 때, 그러니까 사랑이 무언지도 모르던 꼬꼬마 시절에는 젊은이들의 사랑만 아름답다고 여겼다. 십대, 이십 대 청춘의 사랑. 어떠한 조건 없이 그저 사랑만을, 또 사람만을 보고 움직일 수 있는 시절. 삼십 대 이후의 사랑은 분명 위험할 거야. 불륜, 치정, 더럽거나, 아무튼 아름답지 않을 거야. 청춘이 영원할 리도 없는데 어릴 때는 그렇게 치기에 젖어 있었다. 그러니 공장에 다니던 이십 대 시절에는 누구라도 만날 수 있을 것 같았다. 나이 많은, 이미 가족이 있는 아주머니들만 아니라면야 만나지 못할 사람은 없겠지 싶었다.

5년간의 공장 생활을 그만두기로 작정한 후의 어느 날엔가 K가 회사에 들어왔다. 나와는 동갑이었는데, 어떤 이유에선지 단기 알바로 몇 달 간만 공장에 다닐 예정이라고 했다. 단순 노동이 반복되는 공장을 다니면서 사람들 얼굴의 디폴트 값이 '무표정'이라는 걸 알았다. 노동자들은 대개 손만 살아 움직이는 것처럼 표정 없이 일했고, 일에 익숙하지 않은 이들은 울상을 지었다.

그런 공장에서 K의 표정만큼은 남달랐다. 까만 얼굴의 그녀는 뭐 그리 좋은 일이 있는지 늘 웃고 있었다. 어두운 공장 안에서 그녀의 얼굴에서만 후광이 비치는 것 같았다. 내가 먼저 회사를 그만두든, 단기 알바생인 K가 먼저 그만두든, 누군가 이곳을 떠나면 다시는 만날 수 없겠지. 저 환한 미소를 다시 볼 수 없다고 생각하니 우울해졌다. 결국 K와 친하게 지내던 동생과 같이 점심을 먹을 기회가 생겼다. 공장 근처 부대찌개 식당에서 자연스레 라면 사리를 주문해 먹던 K는 먹는 모습도 예뻐 보였다.

그 식사 자리 후 K를 향해 대책 없이 커질 준비가 되어 있던 나의 마음은 K의 사연을 알게 된 후 거품이 터지듯 단숨에 사라지게 되었다. 그러니까 K는 몇 개월 후 결혼을 앞둔 예비 신부였으며, 이미 뱃속에는 새로운 생명이 자라나고 있다는 이야기였다. 동갑인 예비 남편과 결혼을 준비하며 신혼 자금을 조금이라도 더 만들려고 공장을 택했다는 사연이었다. K는 아름다웠고 나는 젊은 청춘이었지만, 결코 사랑할 수 없는, 또 사랑해선 안 되는 사람이 있을 수 있다는 걸 그때 처음으로 알게 되었다. 2005년, 공장 퇴사를 며칠 앞둔 어느 날이었다.

제임스 블런트 *James Blunt*의 〈You're Beautiful〉은 공장을 그만두던 2005년 발매된 곡으로 지하철에서 만난 천사처럼 아름다운 누군가를 노래하는 곡이다. 문제는 그 아름다운 사람 옆에 다른 남자가 있다는 것. 앞서 2004년 일본에서 히트한 『전차남』의 영향이었는지 국내에서도 광고 음악에 쓰이는 등 크게 히트했다.

가사 그대로 지하철에서 스쳐 지나가는 짧은 인연을 생각하며 들을 수도 있겠지만, 그보다는 사랑해선 곤란한 누군가에게 마음이 갈 때, 그러니까 청춘의 힘만 믿고서 K의 미소에 잠시나마 빠져 있던 나에게는 왠지 모를 위안이 되어주었던 곡이다.

그로부터 5년이라는 시간이 흐르고 몇몇의 사랑과 이별을 겪고서 나이 서른에 지금의 아내와 결혼을 하게 되었다. 고심 끝에 결정한 신혼여행지는 프랑스의 파리. 몽마르트 언덕에 오르던 길에서 만난 한 거리의 예술가는 음악을 틀어놓고 마리오네트를 놀리고 있었다. 예술가의 손동작에 마리오네트는 이리저리 움직였다.

주머니를 탈탈 털어 거리의 예술가 앞에 놓인 모자 안에 동전 몇 개를 넣어주었다. 그 동전이 얼마였는지는 모르겠다. 다만 마리오네트가 움직일 때 흐르던 음악이 제임스 블런트의 〈You're Beautiful〉이었던 것만은 잊을 수 없다. 다행히도 그때 내 옆에는 사랑하기에 곤란함이 없던 사람이 있었다.

* 사랑해선 안 될 사람을 사랑할 때 우리는 '불륜'이라고 말하기도 한다. 다음은 불륜을 노래하지만 너무나 아름다운 곡들.

♪ 빌리 폴*Billy Paul*, 〈Me And Mrs Jones〉
♪ 아틀란틱 스타*Atlantic Starr*, 〈Secret Lovers〉

♪ 모켄스텝*Mokenstef*, 〈He's Mine〉

♪ 피비 스노우*Phoebe Snow*, 〈Poetry Man〉

♪ 휘트니 휴스턴*Whitney Houston*, 〈Saving All My Love
For You〉

트랙리스트와 시절인연
휘성 1집, 《LIKE A MOVIE》

공장에서 일하던 시절, 구로공단에 있던 한 레코드 가게에서 휘성 1집 앨범을 샀다. 요즘은 어떤지 모르겠지만 그때만 해도 음반 시장이 호황기였으니, 음반점엔 판매용이 아닌 프로모션용 비매품 음반도 심심찮게 뿌려지곤 했다.

마침 내가 휘성 앨범을 사러 가게에 들렀을 때는 그 앨범이 모두 팔린 상태였다. 가게 사장님은 "이거라도 가져가실래요?"라며 비매품 홍보용 음반을 건넸다. 그런 연유로 내가 가지고 있는 휘성 1집 앨범에는 'Not For Sale'이라는 문구가 찍혀 있다. 나름의 희귀

템이라면 희귀템이랄까. 뭐 홍보용 음반을 얼마나 찍었는지는 모르겠지만.

재미난 건 휘성 1집의 홍보용과 정식 발매 음반의 트랙리스트 순서가 다르다는 점이다. 단 한 곡만을 발매하는 디지털 싱글이 아닌 이상, 정규 앨범에서는 유기성이나 통일감, 균형감 등을 따지며 트랙리스트에서도 고심하며 공을 들이게 된다. 당시 휘성의 레이블이었던 YG 산하의 엠보트에서도 이런 고민이 있었는지 프로모션용과 정식 앨범에서의 트랙리스트 순서가 상당수 뒤틀려 있다.

이 사실을 알게 된 게 불과 몇 년 전이다. 당연하게도 두 음반의 트랙리스트가 같을 것이라고 생각해왔으니, 굳이 데뷔 앨범의 트랙리스트를 따로 찾아볼 생각도 하지 못했다. 가령 인트로를 제하고 홍보용 음반의 첫 트랙은 〈떠나〉인데, 정식 음반에서는 〈…안 되나요…〉인 식이라서 뒤늦게 트랙 순서를 보고는 조금 충격을 받기도 했다. 보통은 타이틀곡을 앨범 앞부분에 두니까 마지막까지 〈떠나〉가 〈…안 되나요…〉와 타이틀 경쟁을 펼쳤던 게 아니었나 싶기도 하고.

여하튼 나는 줄곧 휘성의 앨범을 플레이했을 때 〈…안 되나요…〉가 아닌 〈떠나〉를 먼저 들은 탓인지, 휘성 1집에서 가장 큰 이미지를 차지하는 곡은 〈떠나〉가 되어버렸다. 대중적인 〈…안 되나요…〉와 달리 〈떠나〉는 좀 더 R&B 팬들에게 어필할 수 있는 트랙이란 점도 그렇고, 무엇보다 〈떠나〉의 도입부가 무척이나 강렬하였으므로. 이처럼 앨범의 트랙 순서에 따라 한 가수의 느낌이 달라지기도 한다. 앨범에서 〈…안 되나요…〉를 먼저 들었을 사람과 〈떠나〉를 먼저 들은 사람의 느낌은 오랜 세월이 흘러도 분명 다를 터.

요즘 들어 '시절인연時節因緣'에 대해 생각하는 시간이 늘었다. 앨범의 트랙리스트 순서가 중요하듯 어느 시기에 누군가를 알게 되고 만나는 것에도 어떤 순서가 정해져 있는 것은 아닐까 하는 생각. 그러니까 요즘 알게 된 누군가를 아주 오래전에 만났더라면 어떠했을까, 그 옛날에 만났던 누군가를 요즘에 알게 되었다면 어떠했을까, 하는 생각. 뭐 조금은 부질없는 생각이라 하더라도.

휘성 1집의 타이틀은 '영화처럼'을 뜻하는 'LIKE A MOVIE'. 모든 곡에 영화 제목을 부제로 달았다. 〈떠나〉는 〈라스베가스를 떠나며〉이고, 〈…안 되나요…〉

는 〈화양연화〉다. 장만옥과 양조위가 주연한 영화 〈화양연화〉가 나름의 시절인연을 그린 것이라 생각하니, 내가 가지고 있는 앨범 《LIKE A MOVIE》의 틀어진 트랙리스트가 좀 더 재밌게 느껴진다.

휘성 1집에서는 〈아직도…〉도 즐겨 듣는다. 〈아직도…〉의 부제가 '부에노스아이레스 − 해피 투게더'인 탓에 이 곡을 들을 때면 꼭 동성애 커플의 그림이 떠오르기도 한다. 그런 떠오름과는 별개로, 제발 떠나지 말라고 말하고 싶었지만 더 멀리 떠날까 봐 아무 말 못 한 채로 있다는 화자의 마음이 참 애절하게 느껴져서 좋아하는 곡이다. 떠나지 말라고 말하면 더 멀리 떠날까 봐 말하지 못했던 사람이 어느 시절의 나에게도 분명 있었던 거 같기도 하고.

　＊ 좋아하는 휘성의 곡

　　1. 2집에 수록된 대부분의 곡.

　　그리고 〈일년이면〉과 〈별이 지다…〉

벤츠 사주세요
Janis Joplin, 〈Mercedes Benz〉

벤츠와 컬러TV, 시내에서의 하룻밤.

재니스 조플린*Janis Joplin*이 〈Mercedes Benz〉에서 신 *Lord*에게 사달라고 노래하는 것들이다. 친구들은 포르셰를 몰고 다니니 벤츠를 사달라는 내용이 담겼다. 2분이 안 되는 짧은 곡으로 별 다른 악기를 사용하지 않은 덕에 재니스 조플린의 음색만을 느끼기엔 더없이 좋은 곡이다.

재니스 조플린이 미국의 시인 마이클 매클루어 *Michael McClure*가 쓴 시詩의 한 구절인 "Come On, God, and Buy Me a Mercedes Benz."에 영감을 받아 쓴 곡으

로 알려졌다. 마이클 매클루어의 시를 흥얼거리다가 멜로디를 붙이고 가사를 새로 썼단다.

재니스 조플린은 살아생전 사회적, 정치적으로 의미 있는 노래를 부르고 싶어 했던 걸까. 〈Mercedes Benz〉를 부르기 전 재니스 조플린은 "I'd like to do a song of great social and political importance. It goes like this."(나는 사회적, 정치적으로 매우 중요한 노래를 부르고 싶습니다. 바로 이런 식으로요.)라고 말하기도 한다. 재니스가 부른 〈Mercedes Benz〉는 물질주의, 배금주의, 소비주의에 물든 사회를 비꼬는 곡으로 알려졌다. 세속적인 물건에 대한 환상은 결코 사람들을 행복하게 할 수 없다는 점을 노래한 곡으로 평론가들은 평한다. (재미난 것은 1990년대 메르세데스 벤츠 광고에서 재니스 조플린의 곡을 사용하기도 했다.)

어릴 때 이 곡을 들을 때면 신에게 자동차며 TV를 사달라는 재니스에게서 '깡'이 느껴졌다. 그러면서 한편으로는 소박하다고 느껴지기도 했다. 아니, 뭣하러 차를 사달라고 해. 이왕 신에게 부탁할 거 로또 1등이나 부탁하지 싶었던 거다. 시내에서의 하룻밤을 요구하는 걸 보면, 곡 속 화자는 물질적 여유가 없는 노동자쯤 될 테다.

지금도 그렇지만 어릴 때는 차에 별 관심이 없었다. 유명한 차 브랜드도 알지 못했다. 영화 〈링컨 차를 타는 변호사〉가 개봉했을 때는 미국의 대통령 링컨의 이야기인 줄 알았다. 훗날에서야 링컨Lincoln이라는 이름의 차가 있다는 걸 알게 되었다. 벤츠만큼은 재니스 조플린이 노래한 덕에 어릴 때부터 알았다. 비싼 차라는 것도 안다. 가끔 길에 서 있는 벤츠를 보면 저 차 주인은 무슨 일을 할까 생각해보기도 한다.

천명관의 소설 『이것이 남자의 세상이다』에서는 건달 보스가 벤츠를 몰고 다닌다. 천명관의 소설뿐 아니라 많은 영화에서 건달들은 유독 벤츠를 몰고 다니는 것 같다. 건달에게 벤츠는 즉 성공이라는 그들만의 세계라도 있는 걸까.

무소유를 설파한 법정 스님이 아닌 이상 누구라도 물질에 대한 결핍이 있을 것이다. 현대사회에서는 그것이 대부분 돈일 테고. 나보다 많이 가진 사람들에 대한 시기와 질투를 갖고 사는 사람들도 있겠으나, 사람들은 보통 그걸 겉으로 드러내진 않는다. 겉으로 드러내는 순간 찌질해 보일 테니, 있으면 있는 대로 없으면 없는 대로 그렇게 살아간다.

방위산업체로 들어간 공장을 나올 때쯤 후임으로 온 C는 조금 이상했다. 일하는 모습을 보면 항상 흐리멍덩한 눈으로 먼 산을 보기 일쑤였다. 어딘가 정신줄을 놓고 있는 듯한 모습. 그러던 어느 날 일이 터졌다. C가 누군가에게 커터 칼을 휘두른 것이다. 커터 칼 공격을 받은 이는 몸을 다치진 않았지만, 하얀 작업복이 찢어졌다. 들은 이야기로 C는 칼을 휘두르며 이렇게 말했단다.

"형은 나보다 월급 많이 받잖아요."

C가 어떤 결핍과 불만으로 이런 말을 내뱉었는지는 모르겠다. C는 일을 잘하는 사람은 아니었다. 그래서 직장 상사들에게 혼도 많이 났다. 그날도 C는 누군가에게 혼이 났고, 화가 난 나머지 칼을 휘두르면서 자신의 결핍을 겉으로 드러낸 것 같았다. C 역시 나와 마찬가지인 방위산업체 복무요원으로 회사에 들어온 상황이었다. 이미 소집해제가 된 나와는 달리 회사에서 잘리면 다시 군대에 가야 했다.

회사 어르신들은 이 일로 모여 회의를 했다. C를 잘라야 한다, 말아야 한다, 경찰을 불러야 한다, C의 정신 감정이 필요하다. 그런 말들이 오가던 도중 커터 칼 공격을 받았던 사람이 괜찮다며, 말로 타일러보겠다고 했다. 그렇게 공장 커터 칼 사건은 마무리됐다. C도 그 후로는 얌전히 회사 생활을 잘하며 지냈다. 다만 시간이 흘러도 C가 내뱉었다는 이 말만큼은 이상하게 오랜 시간 맴돈다. "형은 나보다 월급 많이 받잖아요."

돈이 많으면 좋겠지만, 나는 물질에 대한 결핍은 그리 크지 않은 듯하다. 어릴 때부터 용돈으로 사 모은 음반과 책 정도에만 애착이 있을 뿐, 그 외에는 모든 게 그저 그렇다. 비싼 옷, 차, 액세서리 무엇에도 큰 흥미를 느끼지 않는다.

다만 꿈에 대한 결핍은 존재했다. 무언가가 되고자 했던 꿈들. 어릴 때는 음악 하는 사람이 되고 싶었고, 마흔 가까이 되어서는 오랫동안 글을 쓸 수 있는 작가가 되고 싶었다.

세상에 정말로 신이 존재한다면, 이제는 재니스 조플린이 벤츠를 사달라고 노래하듯 나도 요구하고 싶다. 신이시여, 끊이지 않을 글감과 끈기를 주소서. 더불어 내 글을 좋아해줄 몇몇의 편집자와 독자까지도.

제 책이 많이 팔리면, 그때는 제가 그걸로 벤츠를 사든가 할게요.

* 서른 살 이전까지는 세상에서 노래 제일 잘하는 사람이
  누구인가 하는 질문을 받으면 늘 "재니스 조플린"이라고
  대답했다. 지금, 같은 질문을 받을 때의 대답은 "에바
  캐시디".

군대 대신이라지만 젊은 청춘에게 공장은 지루한 곳이었다. 한국 산업의 일꾼으로서 좋은 물건을 만들어 수출하여 나라 명성을 드높이자, 하는 사명감 따위 있을 리 만무했고, 이제나 저제나 시간이 흘러 소집해 제일이나 빨리 왔으면 싶었지.

마음 맞는 젊은이들 몇 명이서 모여 저녁으로는 밥이며 술이며 회식도 가끔 하면서 지루함을 떨쳐냈는데, 11월 1일엔 꼭 구로역 애경백화점 뒤쪽에 위치한 일식집을 찾곤 했다. 살얼음이 떠 있는 소주병 안에 녹차 티백을 넣어서 내놓는 술집이었는데, 그게 별미였다. 요즘처럼 온갖 과일 맛이 들어간 소주가 있지도 않은 시절이었으니까.

가끔씩 찾는 곳이었지만, 특히나 11월 1일에 꼭 그 곳을 찾았던 이유는 일식집답지 않게 가게에선 고故 김현식의 음악이 자주 흘렀기 때문이다. 학창 시절부 터 김현식이나 들국화, 조덕배 같은 윗세대 음악을 듣 고 자란 탓에 친구들에겐 애늙은이 소리를 들어야만 하기도 했는데, 그런 애늙은이 음악 취향이 때로는 단 골 술집을 만들기도 하는 법이다.

우연히 들른 일식집에서 김현식 음악이 흐르는 걸 듣고는 "김현식 좋아하시나 봐요? 저도 좋아하는데." 하고 던진 물음이 인연이 되어 사장님은 내가 갈 때마 다 말을 섞어주거나 이런저런 안주를 서비스로 내주 셨다. 나 같아도 이십 대 초반의 청춘이 김현식을 좋 아한다고 하면 그게 조금은 예뻐 보였을 거야.

사장님, 저는요. 비가 오면 〈비처럼 음악처럼〉을 듣 고요, 눈이 오면 〈눈 내리던 겨울밤〉을 들어요. 〈아무 말도 하지 말아요〉는 너무 블루지하고 좋지 않나요? 〈바람인 줄 알았는데〉 가사도 너무 좋죠? 근데 그게 바 람이었을까요, 사랑이었을까요, 하는 푼수 같은 대화를 웃으며 즐겼다. 그 사장님, 못해도 나보다 열댓 살은 많았을 텐데. 음악은 이처럼 가끔 세대를 초월한다.

아, 그러니까 공돌이 시절 왜 유독 11월 1일만 되면 김현식의 음악이 흐르는 일식집을 찾았는가 하면, 그날이 바로 김현식의 기일이기 때문이다. 유재하가 1987년 11월 1일에 세상을 떠나고, 정확히 3년이 지나 같은 날 유재하와 음악 동료였던 김현식도 세상을 떠났다.

그러니 11월 1일이면 구로역 애경백화점 뒤쪽에 위치한 일식집에 들러 "사장님, 김현식 노래 들으러 왔습니다." 하면서 우리끼리 현식이 형의 기일을 새겼던 것이다. 방위산업체로 근무하던 그 시절 몇 년간의 11월 1일을 그렇게 보냈다. 평소에도 김현식 음악을 자주 틀어주는 그 일식집에서 11월의 첫날엔 그 누구도 아닌 김현식의 목소리만 흘렀으므로.

지루한 날들은 어쨌든 지나고, 그렇게 기다리던 소집해제일을 맞아 공장을 벗어난 후로는 자연스레 그 일식집에도 발길을 끊게 되었지만, 여전히 매년 11월 1일이 되면 김현식의 음악을 찾아 듣고, 또 가끔은 유재하의 음악을 꺼내 듣기도 한다. 그리고 애경백화점 뒷골목 일식집의 그 사장님 생각도 한다.

여전히 일식집을 운영하시려나. 장사는 잘되고 있

을까. 살가운 미소를 보이며 공짜 안주도 많이 주셨던 분인데 이름도 물어보지 못한 게 내내 아쉽다. 시간이 많이 흐른 만큼 이제는 길에서 우연히 스쳐 지난다 해도 서로를 알아보진 못하겠지. 지루했던 시절, 덕분에 조금은 즐거웠는데. 건강하게 잘 지내시면 좋겠네. 무엇보다 여전히 김현식 음악을 즐겨 들으실지 궁금하기도 하고.

기일이 같다는 이유로 김현식과 유재하는 뭔가 영혼의 콤비 같은 느낌이다. 실제로 살아생전에는 음악 동료이기도 했고. 나만 이런 생각을 했던 것은 아닌지 힙합 그룹 에픽하이는 두 번째 정규 앨범에 〈11월 1일〉이라는 제목의 곡을 수록하기도 했다. 기일이 같은 故 김현식과 故 유재하를 추모하는 곡이었다. 원티드의 김재석이 피처링한 곡의 노랫말은 일찍이 떠나간 두 뮤지션의 곡 제목을 이용해 만들어지기도 했다.
김현식의 음악이 흐르던 술집까지 찾아 기념했던 11월 1일이었는데, 몇 년 전부터는 개인적으로 기념할 만한 일이 하나 더 생겼다. 11월의 첫날이 되면 여전히 김현식과 유재하의 음악을 들으면서도 혼자서 조용히 자축(?)하게 된 일이 생긴 것이다.

이십 대 초반 공장에서의 지루함을 답습이라도 하듯 이렇다 할 꿈이 없이 30대의 대부분을 지루하게 흘려보냈다. 꿈이 없는 사람의 삶이란 얼마나 무미건조한지. 그러다 삼십 대 후반에 문득 작가가 되고 싶다는 꿈이 생겼다. 꿈 때문에 울고 웃는다지만, 이루고자 하는 것이 생기면서 심장이 다시 뛰는 기분이었다. 그러니까 우연찮게도 2019년 11월 1일은 내 데뷔작 『작가님? 작가님!』의 출간일이기도 하다. 오랜 꿈이 실현되던 날.

"사장님, 김현식 음악 좋아하던 제가요, 김현식 떠나간 그날에 꿈을 이루었습니다. 참 재밌죠?" 얘기했다면 그 사장님 분명 넉넉한 웃음을 보이며 축하해주었을 텐데.

* 유재하는 데뷔작이 유작이 되었다. 아직 유재하의 음악을 접해보지 못한 분들에겐 앨범 전체를 추천한다. 김현식이 부른 많은 곡을 좋아하지만 좀처럼 듣기 힘든 앨범도 있다. 김현식 사후에 나온 《The Sickbed Live》라는 앨범으로 침대 병상에서 부른 미발표 음원 등을 모았다. 우울한 음악을 좋아하지만, 지나치게 우울해서 듣기 어려운 앨범이다.

밤이란 으레 그런 거니까
오왠, 〈오늘〉

　스물하나에 들어간 공장을 스물다섯에 나왔다. 퇴직금으로 몇 달을 놀고서는 아버지 회사에 들어와 15년 넘게 일을 하고 있다. 일을 하면서 서른이 될 때까지는 음악을 하고 싶다는 생각에 거래업체의 형이 이끌던 직장인 밴드에서 활동하기도 했다. 그곳에서 지금의 아내를 만났다. 직장인 밴드에서 만난 아내와 그렇게 서른의 나이에 결혼을 했다.

　결혼을 하고 아이가 생기면서는 음악을 하고 싶다는 꿈을 자연스레 놓게 되었다. 아내와 함께하던 직장인 밴드 역시 결혼과 동시에 그만두었다. 남들은 결혼을 하면 안정이 생긴다던데, 나는 어디로 향해야 할지 모르는 사람처럼 자주 흔들렸다. 돌이켜보면 그건 결국 무언가 되고자 했던 꿈의 부재 때문이었다.

별달리 하고 싶은 것도 되고 싶은 것도 없던, 그러니까 특별히 꿈이라는 게 없던 삼십 대의 대부분은 지루하고 따분했다. 사람을 상대하는 일은 늘 어렵고, 나는 어딘가 좀 주눅이 들어서는 보람이나 자부심과는 거리가 먼 세월들을 하릴없이 흘려보내고 있었다. 3인칭의 시점으로 날 바라보았다면 그거 참 정말 한심했을 거야.

늦은 밤, 혼자 조용히 음악 듣는 시간을 좋아하면서도 가끔은 대책 없는 서글픔이 몰려와 힘에 부치기도 했다. 밤이란 으레 사람을 많이도 약한 존재로 만들곤 하니까. 사람 때문에 유독 힘이 들던 날, 눈치를 많이 봐야 했던 날, 한 게 아무것도 없다 싶을 정도로 무기력한 시간을 보낸 날의 밤에는 낮 동안의 내 모습을 떠올리면서 그렇게 괴로워했다.

이렇게 살아도 괜찮은 걸까?

그런 시기에 오왠의 〈오늘〉을 들으며 나는 조금 위

로를 받았던 거 같다. 퇴근길 버스 안에서, 버스에서 내려 아파트로 향하는 횡단보도 위에서, 집으로 올라가는 엘리베이터에서 오왠의 곡을 듣다가 눈이 벌게지면 집 앞 계단에서 기다렸다가 부러 집 문을 늦게 열기도 했다.

힐링, 청년, 청춘이란 단어들 조금은 개똥망 같다고 생각했는데, 분명 내 생애 청춘 끝자락에 울려 퍼진 청춘가의 느낌이었달까. 사는 거 정말 재미없네, 꿈이 없는 사람은 정말 서글프네, 싶던 시절의 힐링송이기도 했고. 그러니까 '힐링'이란 단어의 의미가 실존하는구나 하는 것을 분명 〈오늘〉을 통해서 느꼈다.

마음속 깊은 곳에서부터 흔쾌히 하고 싶은 일이 생긴 것은 〈오늘〉을 처음 듣고서 얼마 후의 일이었다. 책을 한번 써보라는 주변의 권유가 계기였다. 10년 가까이 부재했던 꿈이 새로 생겨났다. 그렇게 글을 쓰고 작가의 삶을 지망하는 시간을 갖게 되면서 오늘의 나를 괴롭히는 시간들이 아주 조금은 줄었다.

무엇 하나 보장된 것은 없음에도, 한글 파일을 열어 원고를 써내려간 날은 어쨌든 내 스스로의 힘으로 무언가를 해냈다는 생각이 들었다. 여전히 사람을 상대하는 일은 어렵고, 낮의 부끄러움으로 불면의 밤을 보내는 날은 있지만, 이젠 괜찮다. 밤이란 으레 사람을 약하게 만들곤 하니깐. 나만 힘든 게, 나만 밤에 괴로운 게 아니라는 것을 〈오늘〉을 들으며 알았으니까.

이젠 정말 괜찮다.

꿈이 있는 나는 정말 괜찮아졌다.

그 꿈 때문에 또 많이도 괴로워하겠지만.

* 오왠이 밤을 노래하면 그 곡은 믿고 들을 만하다. 새벽 4시를 노래하는 〈오늘〉처럼 〈미지근한 밤〉도 그렇다.

PART 3.
가족이라는 끈

엄마 다리를 베고 누웠다
원미연, 〈이별 여행〉

"나 멀미나."

주말, 아이들을 태우고 운전하는데 앞좌석에 앉은 큰 아이가 말한다. 으이그, 촌스럽게, 누굴 닮아서 이렇게 차멀미를 하는지, 하며 아이에게 농담을 건네다 생각해보니 날 닮았다. 지금의 아이 나이에 내가 꼭 이랬으니까.

어린 시절 차를 타고 먼 곳까지 이동할 때면 늘 키미테를 붙이고, 까만색 비닐봉지를 준비해야만 했다. 차멀미가 심했고 언제 토하게 될지 몰랐으니까. 어느 날에는 엄마와 함께 택시를 탔다가 시트를 더럽히는 바람에 기사님에게 고개를 숙이는 엄마의 모습을 봐야 했던 일도 있었다. 속상하고, 화도 나고, 힘들만도 했을 텐데, 엄마는 단 한 번도 그 어린 아이를 탓하지 않았다.

부모님은 IMF 전까지는 사는 재미가 괜찮았을지 모르겠다. 시간이 지나면서 살림살이가 늘어나고, 집도 점점 넓어졌고, 차도 조금씩은 커졌다. 아버지의 차가 커지면서였는지, 내 몸이 커지면서였는지 멀미는 멈추게 되었지만, 어릴 때는 늘 그렇게 멀미에 대비해야만 했다.

멀미가 심하던 그 시절 아버지의 차는 조그마한 '르망'이었다. 지금이야 고속도로가 잘되어 있다지만 1980~90년대 설이나 추석 같은 명절, 서울에서 할머니가 계신 대구까지 내려갈 때면 그런 곤욕이 없었다. 할머니를 뵈러 가는 데까지 예닐곱 시간은 예사였고, 때로는 열 시간이 넘게 걸리기도 했다.

나중에는 멀미를 이길 수 있는 노하우도 생겼는데, 그건 키미테도 검은봉지도 아닌 엄마의 다리였다. 나보다 두 살 많은 형이 앞자리에 앉아 운전하는 아버지의 말동무가 되어주었을 때, 나는 뒷좌석에서 엄마의 무릎과 허벅지를 베고서는 아무 말도 없이 오랫동안 누워 있었다. 그렇게 엄마 다리를 베고 있으면 신기하게도 멀미가 나지 않았다.

어느 해였을까. 그때도 서울에서 대구로 내려가는 아버지 차 안이었을 거다. 엄마의 다리를 베고서 가만히 차창을 보고 있으니 노을이 지는 붉은 하늘과 전신주 그리고 멀리서는 시골의 풍경이 지나고 있었다. 아버지는 운전하면서 종종 라디오를 켜놓곤 했는데, 그때 흐르던 음악에 나도 모르게 눈물이 흘렀다.

그러니까 내 기억으로는 이때가 대중가요를 듣고서 처음으로 마음이 동하여 눈물이 나던 순간이다. 이때를 떠올리면 문득 엄마는 당신의 바지를 적시던 내 눈물을 알고 있었을까 하는 궁금증이 든다. 어쩌면 엄마는 알고 있었는지도 모른다. 신기하게도 엄마는 내가 어딘가 아프거나 불편해하면 그걸 꼭 알아차리는 사람이라는 걸 나이가 들고서 알게 되었으니까.

아내도 아버지도 눈치 채지 못하고 지내는 나의 아픔을 엄마는 그렇게 알아준다. 지독한 차멀미에 시달리던 내게 마치 당신의 다리가 특효약이라는 걸 알고서 몇 시간이고 내어주었던 것처럼, 아무리 꽁꽁 감추고 싶은 비밀도 엄마에게는 숨길 수 없다는 걸 알고부터는 '신은 모든 곳에 있을 수 없어 엄마를 만들었다.'라는 유대인의 속담을 믿기로 했다.

처음으로 내 유년의 감수성을 찔러 눈물이 나게 만들었던 그 곡은 원미연이 부른 〈이별 여행〉이다. 1990년 원미연의 두 번째 앨범에 실린 곡으로 신재홍이 작곡하고, 김기호가 노랫말을 썼다. 이 곡이 나온 해에 내가 듣고서 눈물을 흘린 것이 맞다면 내 나이 열 살, 초등학교 3학년, 그러니까 꼭 지금 내 아이 때의 일이 분명하다.

왜 하필 그 어린 나이에 〈이별 여행〉을 듣고서 눈물이 났는지는 모르겠다. 독특한 원미연의 음색도, 조금은 서글프게 들리던 멜로디도, 엄마 다리에 누워 바라보던 차창 밖의 목가적인 풍경까지도. 여러 가지 이유가 있겠지만 무엇보다 '이별 여행'이라는 단어와 노랫말에 마음이 동하였던 건 아니었을까.

그때까지 내가 알고 있던 '여행'은 분명 좋아하는 사람들과 좋은 곳으로 가서, 좋은 것을 보고, 좋은 것을 먹는 것이었다. 물론 여행 과정에서 일어나는 차멀미 같은 건 분명 괴로운 일이지만, 그럴 땐 언제든지 엄마의 다리를 베고 누우면 그만이었다. 그러니 이별과 여행이 어떻게 한데 묶일 수 있을까 하는 생각에 일어난 묘한 감정이 어린 아이의 눈물샘을 자극했던 건 아닐까 싶기도 하고.

오랜 세월 가수와 또 방송인으로 활동한 원미연이지만 다른 곡에 비해 〈이별 여행〉의 인기는 너무 컸고, 그 탓에 원미연은 〈이별 여행〉으로 대표되는 원히트원더One Hit Wonder 가수처럼 이야기되기도 한다. 원미연으로서는 조금 아쉬울지도 모르겠지만 그럼 어때. 누군가에겐 평생 잊기 어려운 곡일 텐데. 들을 때마다 유년 시절의 엄마가 떠오르는 곡이고, 한 사람이 처음으로 눈물을 흘렸던 음악의 주인이라면, 그것만으로도 괜찮지 않을까.

사실은 나이가 들어서도 '이별'과 '여행'이 잘 어울리는 단어인지는 여전히 모르겠다. 다만 이런 사연으로 말미암아 앞으로도 〈이별 여행〉을 들을 때마다 서글픈 마음이 들 것은 틀림없다. 아마 세월이 갈수록 작아지는 엄마의 몸을 볼 때마다 더 그럴지도 모를 일이다.

살면서 정말 하기 싫은 여행이 있다면 그건 이별 여행이 분명하겠지. 무엇보다 가족과의 이별은 특히나 더. 가끔 가족이, 그중에서도 엄마가 없는 삶을 상상하면 그 상상만으로도 너무 힘겨울 때가 있다. 내가 아파할 때 누구보다 빨리 나의 아픔을 알아주고, 멀미에 시달리던 나에게 당신의 다리를 내어주던 사람이 없는 세상을 상상하는 일.

조그맣던 아버지의 르망은 커지고, 차멀미에 시달리던 아이는 이제 훌쩍 자라서 아버지가 그러했듯 운전을 한다. 이토록 오랜 시간이 흘렀건만 〈이별 여행〉을 들을 때 떠오르는 감정과 풍경에는 변함이 없다. 마침 옆에는 날 닮아 멀미에 시달리는 아이가 있기도 하고.

* 원미연은 다른 이에게 좀처럼 곡을 주지 않던 서태지에게 곡을 받기도 했다. 원미연 3집에 실린 〈그대 내 곁으로〉가 바로 서태지의 곡이었던 것. 당대 가장 인기가 높았던 뮤지션에게 곡을 받았지만, 역시 크게 히트하지 못했다.

예민해서 미안합니다
시인과 촌장, 〈가시나무〉

돈이 많은 것도, 유난히 깔끔을 떠는 것도 아닌데 책은 꼭 새 걸로 사게 된다. 요즘은 중고서점이 많이 생기기도 했고, 새것과 다름없는 중고 책이 시중에 많이 나오지만 희한하게 타인의 손을 탄 책을 읽으면 몸 어딘가 자꾸만 가려운 느낌이다.

꼭 읽어보고 싶은데 절판이 되어 구하기 어려운 책이 있으면 그때는 어쩔 수 없이 중고로 알아보는데, 그래봐야 그 횟수는 손에 꼽을 정도다. 그중 하나가 둥지 출판사에서 다섯 권짜리로 나온 서영은의 중단편전집에서 「시인과 촌장」을 표제작으로 삼은 세 번째 책이었다.

하덕규와 오종수로 시작된 포크 듀오 '시인과 촌장'
의 팀명이 서영은의 단편 「시인과 촌장」에서 따왔다
는 사실을 알고서는 대체 어떤 소설이기에 하는 궁금
증이 있었는데, 새 책은 좀처럼 구하기 어려워서 개인
거래로 구해 읽었던 것이다. (하덕규 오종수의 팀명은 '市
人과 村長'이며 서영은의 소설 제목은 '詩人과 村長'이다.)

그렇게 오래전 중고로 구해서 읽은 「시인과 촌장」
은 이야기가 시작된 이후 줄곧 우울함을 끌고서 나아
가는 소설이었다. 독자의 뒤통수를 때려주는 듯한 그
마지막 문장이 퍽이나 여운이 남아 한때 우울함이 필
요할 때면 연례행사처럼 꺼내 읽기도 했다.

소설만큼 우울했던 것은 책 말미에 실린 서영은의
작품 연보였다. 연보에는 중학생 시절 국어 교사에게
특별한 총애를 받다가 그 사랑이 다른 학생에게 옮겨
가자 크레졸을 마시고 자살을 기도했다는 내용이 나
온다. 어릴 때부터 무언가를 써보고 싶다는 생각을 해
온 나는 서영은의 작품이 아닌 이런 연보를 읽으면서
글쓰기를 접어두기도 했다. 타고난 작가라면 무릇 이
런 예민함과 감수성이 있어야겠거니 싶었으니까.

서영은만큼은 아닐지라도 성격이 좀 유별나긴 한 건지 주변으로부터 너는 왜 이렇게 예민하냐는 타박을 받기도 하고, 스스로도 그런 점을 잘 알고 있다. 마흔 가까이 되어 첫 책을 내고서는 이런 모난 성격이 어쩌면 글을 쓰기 위한 당위가 될 수도 있지 않을까 여기며 스스로에게 면죄부를 씌우기도 했다.

정말 문제는 이런 예민함을 가장 가까이에서 지내는 가족들에게만 휘두른다는 점이다. 엄마에겐 자식의 짜증을 받아주는 것이 마치 당연한 존재인 듯 굴었으며, 결혼 후에 그 짜증의 대상은 엄마에게서 아내에게로 옮겨갔다. 아이들이 나고 자라면서 내 예민함의 크기는 자연스레 점차 넓고 크게 번져갔다.

타인에겐 좀처럼 굴지 않는 예민함을 가족에게만 보이는 데는 나름의 이유가 있을 것이다. 내가 가지고 있는 예민함의 가장 큰 문제는 일어나지 않은 일을 상상하며 불안해한다는 점인데, 그 상상의 끝에는 늘 죽음이 있다. 그래서 운전을 할 때면 불필요할 정도로 예민해지곤 한다. 일상에서 운전할 때만큼 죽음을 떠올리기 쉬운 시간도 없으니까.

깜빡이를 켜지 않고 들어오는 차를 보거나, 운전할 때 집중력이 흐트러지는 일이 생기면 쉽게도 화를 내고 소리를 지르고 욕을 하게 되는 식이다. 사람의 본성을 확인하기 위해선 술을 먹여보든가, 식당 종업원에게 어떻게 대하는지를 보든가, 운전할 때 습관을 보라 했던가. 이렇다 할 주사가 있는 것도 아니고, 식당 종업원에게도 친절하게 굴지만, 운전을 할 때만큼은 늘 신경이 곤두서고 예민해진다.

일어나지 않은 일을 상상하며 괴로워하는 것 따위 혼자서 감내하면 좋을 텐데, 예민함이 터져 주변에 짜증을 부리기 시작하면 나 스스로에게 패배하는 기분에 휩싸여 후회가 밀려온다. 때로는 예민함이라는 이유로 가족들에게 못할 짓을 하는 건 아닐까 싶기도 하고, 급격한 감정 기복으로 가족들에게 큰 상처를 주는 것은 아닐까 싶을 때도 있다. 예민하다는 지적을 받을 때마다 고쳐보려 하지만 그게 쉽지 않다. 마치 내 안에 너무 많은 내가, 감당할 수 없는 내가 너무 많이 있어서 어쩔 수 없다는 듯이.

시인과 촌장 3집에 실린 〈가시나무〉는 훗날 목사가 된 하덕규가 작사, 작곡한 곡으로 한국에서 가장 유명한 CCM^Contemporary Christian Music^곡이 되었다. 그러나 나는 꼭 크리스천 뮤직이라기보다는 어딘가 예민한 구석이 있는, 그래서 외롭고도 괴로운 사람들을 위로해 주는 곡처럼 들리기도 한다. 괜찮아, 너만 그런 게 아니야, 나 또한 그래, 하고서 어깨를 다독여주고서는 같이 울어주는 것처럼. 그래서인지 우리말로 쓰인 곡 중에 가장 슬픈 노랫말을 꼽으라면 나는 주저 없이 〈가시나무〉를 꼽곤 한다. 듣고 있으면 가장 가까이에 머무르는 이들에게 상처를 주었을 못난 내가 떠올라서. 그게 또 많이도 괴로워서.

〈가시나무〉는 조성모가 불러 대중적으로 히트하기도 했고, 이현우는 〈까시나무〉로 제목을 바꿔 부르기도 했다. 하덕규와는 전혀 다른 음색의 임지훈이 부른 버전도 괜찮고, 세월이 흐르고는 경연 프로그램 등에서 불린 다양한 버전이 있지만, 역시나 시인과 촌장 3집에서 하덕규가 부른 섬세하고도 유약한 오리지널 버전과 그 후에 발표된 라이브 버전이 가장 좋다.

〈가시나무〉를 들을 때면 '시인과 촌장'이라는 팀명 때문인지 자연스레 소설가 서영은과 소설 「시인과 촌장」이 떠오르기도 한다. 살면서 많은 위로를 건네주는 '가시나무'가 세상에 나오기까지는 어쩌면 서영은의 소설이 한몫을 한 게 아니었을까 싶기도 하고, 하덕규든 서영은이든 혹은 이경이든 사람들은 누구라

도 각자의 마음속에 가시나무 한 그루쯤 가지고 살아
가지 않을까 싶어지기도 한다. 내 안에 있는 가시나무
에도 언젠가는 이파리들이 자라나 울창해질 수 있을
까, 하는 생각을 하면서.

아, 둘째가 갓난아이였을 때 쉬이 잠들지 못하던
날, 아이를 안고서 재울 때가 있었다. 〈가시나무〉는
그때 아이에게 들려주었던 몇 곡의 자장가 중 하나였
다. 〈가시나무〉를 들려주면 아이는 곧잘 쌔근쌔근 잠
이 들기도 했으니 나에겐 여러모로 감사한 곡이 아닐
수 없다. 가정 내 평화와 위로를 안겨주었던.

　* '시인과 촌장' 곡 중에서는 〈사랑 일기〉와 〈비둘기에게〉,
　　〈비둘기 안녕〉을 좋아한다. 특히 하덕규가 노래하는
　　비둘기를 듣고 있으면 옆에서 사람이 지나가도 비킬 생각
　　않는 닭둘기들마저 사랑스러워지는 기분이다.(실은
　　그렇지 않다.)

저 노래 와 저리 슬프노

김장훈, 〈나와 같다면〉

결혼 이듬해였던 2011년 아내와 잠실에서 열린 한 콘서트에 간 적이 있다. 정엽, 임재범, 이은미, 김장훈 딱 네 사람만 나오는 공연이었는데, 기억으로는 외부에 티켓이 오픈된 건 아니었고 한 면세점 구매 고객들을 대상으로 초대권이 나오는 공연이었다. 젊은 부부가 면세점에서 돈을 그렇게 잘 쓸 수 있을 리는 없었고, 아내가 지인에게 티켓을 선물 받은 덕에 갔던 공연이었다. 어쨌든 출연진 모두 노래라면 일가견 있는 이들이었으니 나는 공연장에 입장하기 전부터 가슴이 일렁거렸다. 당시를 회상하면 그 면면이 정말 대단했으니까.

보컬 그룹 '브라운 아이드 소울'의 리더였던 정엽은 솔로로도 활발하게 활동 중이었고, TV에 모습을 잘 드러내지 않아 은둔 고수의 이미지를 가지고 있던 임재범은 〈나는 가수다〉를 통해 자신이 왜 레전드로 불리는지를 증명하고 있었다. 이은미는 '맨발의 디바'라는 소리를 듣고 있었고, 김장훈은 '공연의 신'으로 불리던 시절이었다.

공연장에 입장하고서는 과연 누가 공연의 마지막 순서를 장식할 것인가 하는 궁금증이 생겼다. 이런 공연에서는 으레 인기가 가장 많거나 노래를 가장 잘하는 사람이 마지막을 장식하기 마련이니까. '헤드 라이너head liner'라는 단어 또한 그런 사람들을 위해 만들어졌을 테니까. 그룹으로도 솔로로도 인기를 끌며 가창력을 인정받고 있는 정엽일까. 아니면 공연의 유일한 여성인 디바 이은미? 아니야, 역시 그동안 TV에 모습을 드러내지 않던 임재범이 마지막을 장식해야 마땅하지.

혼자서 이런 생각을 하며 공연을 즐기기 시작했는데 예상과는 달리 공연의 마지막 순서는 김장훈의 몫이었다. 김장훈의 노래를 좋아하긴 했지만 공연의 마

지막을 장식할 줄이야. 아무리 공연을 잘한다고 소문
난 김장훈이지만 이렇게 노래 잘하는 사람들 사이에
서 마지막 순서라니. 괜찮을까, 부담되지 않을까 생각
했는데, 막상 김장훈의 노래가 시작되자 나는 자연스
레 그에 대한 의심을 지우게 되었다.

특히 김장훈의 최고 히트곡 〈나와 같다면〉에서의 날
카로운 고음과 관객의 떼창은 감동 그 자체였다. 끝날
듯 끝날 듯 끝나지 않을 것처럼 관객들은 곡의 후렴을
이어 불렀고, 어떤 관객들은 눈물을 훔치며 노래하고
있었다. 그 모습을 보면서 나도 조금은 울컥하게 되었
고. 그러니까 김장훈의 노래에는 분명 그런 묘한 힘이
있었다. 말로는 다 설명할 수 없는 정말 묘한 힘이.

사실 그날의 잠실 공연 훨씬 이전부터 김장훈은 내
게 조금 각별한 뮤지션이긴 했다. 그 계기 역시 〈나와
같다면〉에 있다. 〈나와 같다면〉이 실린 김장훈 4집 앨
범이 1998년에 발매되었으니 그날 또한 1998년의 어
느 하루였겠지.

그러니까 IMF로 온 나라가 얼어붙고 암울했던 시
기. IMF로 나라 전체가 회색빛 기운을 내뿜던 그 시절
엔 우리 집도 꽤나 우울한 상태였다. 아버지의 사업은

휘청거렸고, 살고 있던 집을 내놓고 이사 준비를 해야
만 했다. 가족들의 대화는 갈수록 줄어드는 느낌이었
다. 그러던 어느 날 소파에 누워 있던 엄마는 TV에서
흘러나오는 노래를 듣고는 나지막이 말했다.

"저 노래 와 저리 슬프노."

엄마는 평소 음악을 즐겨 듣거나 음악을 듣고서 감
상을 얘기하는 분은 아니었다. 내가 아는 엄마는 분명
그러했는데. 아, 우리 엄마도 음악 들으면서 감정을
느낄 줄 아는 사람이구나. 그 감상을 말할 줄 아는 사
람이구나, 하는 걸 그날 처음 알았다.

음악이 슬퍼서였는지 기울어진 가세가 힘들어서였
는지 엄마는 그 노래를 들으며 한참을 우셨다. 엄마를
울렸던 그 곡이 바로 김장훈이 부른 〈나와 같다면〉이
다. 엄마는 어쩌면 그동안 눈물을 꾹꾹 참고 있었는지
도 모르겠다. 아직 학교에 다니는 자식들 앞에서 약한
모습을 보이고 싶지 않았을 테니까. 그러다가 김장훈
의 목소리에 그만 참아왔던 눈물이 터졌을 테고. 너무
힘들면 울어도 괜찮았을 텐데.

〈나와 같다면〉은 박주연이 작사하고, 이동원이 작곡했다. 가수 박상태가 김장훈보다 3년 앞서 발표했지만 크게 알려지지 못했고, 김장훈의 목소리를 통해서야 곡은 널리 사랑받았다. 흔히들 원곡을 뛰어넘는 커버는 없다고들 하지만 이런 개인적인 추억(?) 때문인지 나는 원곡보다 김장훈의 버전이 훨씬 와 닿는다.

IMF 시절 힘들지 않았던 이들이 누가 있었을까. 박세리가 골프를 잘하거나 박찬호가 야구를 잘하면 사람들은 그들에게서 위로를 받았다. 그때의 엄마는 분명 김장훈의 노래에서 위로를 받았던 거겠지. 그 일이 있던 날로부터 왠지 뮤지션 김장훈의 행보를 응원하게 되었다.

누구나 그러하듯 김장훈 역시 한 사람으로서 또 뮤지션으로서 곡절을 겪기도 했다. 뮤지션이지만 음악이 아닌 음악 외적인 이야기로 사람들의 입에 오르내리기도 했다. 발차기, 헤어스타일, 기부 같은 단어들이 그의 주변에 둥둥 떠다녔고, 언젠가부터는 그의 음정과 발성, 성대를 놓고 문제 삼는 이들이 생기기도 했다. 金(김)長(장)훈이라는 그의 이름을 재미나게 숲틌훈이라고 부르는 이들이 생기기도 했다.

그런 모습을 지켜보면서 나는 조금 속이 상했던 거

같다. 바보들. 김장훈의 노래에 얼마나 대단한 매력이 있는지도 모르고서. 아니, 평소 음악을 즐겨 듣지 않는 우리 엄마도 김장훈 노래를 듣고는 울었다니까요, 하고서 항변하고 싶기도 했다.

하지만 진짜는 언젠가 그 존재를 스스로 증명하는 법. 시간이 흘러 김장훈은 안티팬마저 자신의 팬으로 만드는 저력을 보였다. 2022년 유튜브 '딩고 킬링보이스'에 나온 김장훈은 20분 넘는 시간 동안 자신의 히트곡을 불렀고 많은 이들에게 감동을 주었다. 오래전 잠실 공연장에서 느꼈던 감동과 더 오래전 엄마에게서 눈물을 흘리게 했던 그 서글픔이 동시에 다가와 또 울컥했다. 세상 사람들이 아무리 욕해도 가끔은 미워할 수 없는 사람이 있기도 하는 법이다. 나한테는 김장훈이 그런 존재처럼 느껴진다. 음악도 그렇고 음악 외적으로도 좀 고맙게 느껴지는 사람. 뭐, 가끔은 웃어주기 어려운 아재 개그를 펼치긴 하지만.

하고 싶은 말은 해야지
우효, 〈Teddy Bear Rises〉

2015년 시월의 어느 저녁이었다. 남이섬에 놀러 갔다가 서울로 돌아오는 차 안에서 라디오 버튼을 눌렀다. 운전할 때는 보통 시디를 트는 편이지만, 지독한 교통 체증과 쏟아지는 졸음으로 분위기를 바꿔보고 싶었기 때문이다. 라디오를 틀자 마침 DJ는 처음 들어보는 가수와 곡을 소개하고 있었다. 그때 들었던 라디오 프로그램이 무엇이었는지, DJ가 누구였는지는 좀처럼 떠오르지 않지만 가수의 이름과 제목만큼은 또렷하게 기억에 남아 있다. 우효의 〈K드라마〉.

우효가 누구지? 곡 제목이 〈K드라마〉라니? 당시에

도 이미 한류 열풍으로 이것저것 별별 것들에 유령처럼 'K'가 들러붙었으니 이 또한 그런 감성의 곡일 거라 여겼다. 새로 나온 아이돌이려나. 그렇게 별생각 없이 흘러나오는 우효의 목소리를 듣고는 나는 바로 그의 팬이 되어버렸다. 교통 체증은 여전했지만 그의 노래를 듣고는 잠이 확 달아났으니까.

그렇게 우연찮게 우효를 처음 알게 되었다. 다음 날 곧장 그의 음반을 주문해서 들었는데, 별다른 기교 없이 부르는 노래에는 순수한 아름다움과 함께 어쩐지 서글픈 감성이 뚝뚝 묻어 흐르고 있었다. 그러니까 나보다 열 살은 더 어린 그에게서 얼마나 많은 위로를 받게 되었는지. 첫인상에 유치한 제목이라 느꼈던 〈K드라마〉는 어느새 예술적으로 나가왔고, 〈Vineyard〉(빈야드), 〈소녀감성 100퍼센트〉, 〈아마도 우린〉, 〈고슴도치의 기도〉, 〈민들레〉, 〈토끼탈〉, 〈울고있을레게〉 등 우효가 발표한 여러 곡에 마음을 빼앗기게 되었다. 2015년 우효를 처음 알게 되었던 시월부터 지금까지, 여전하게도.

우효는 노래도 잘하고 곡도 잘 쓰는데, 무엇보다 가슴을 툭 건드리는 가사 또한 일품이다. 그중 오랜 시간이 지나도 들을 때마다 내 마음을 간지럽히는 곡의 가사를 꼽으라면 그의 첫 EP 《소녀감성》에 실린

⟨Teddy Bear Rises⟩다. 하고 싶은 말은 해야 한다고, 안 그러면 병이 된다고, 저기 멋진 저녁노을이 대신 말해주지 않는다는 노랫말은 은근하면서도 힘을 잃지 않은 채 내 등을 밀어주며 말하는 것 같았다. 하고 싶은 말은 하라고, 꼭 하라고.

살면서 "말 좀 하고 살라."는 이야기를 종종 듣는다. 내가 뭐 병이 될 정도로 하고픈 말을 속으로 삭이며 살아왔는가 싶다가도 이렇게 주변에서 말 좀 하라는 이야기를 해올 때면, 나는 속으로만 생각하고 겉으로는 표현을 잘 하지 않는 편이구나 싶어지기도 한다. 나의 과묵이 누구에게는 답답함으로 보이는 건지.

물론 여전히 가끔씩은 말 그거 꼭 해야 하나, 그냥 말하지 않아도 내 기분이나 생각을 알아주면 안 될까, 싶을 때도 있다. 다른 사람들은 몰라도 같이 사는 가족들에게는 유독 그런 생각이 들어서 내 맘을 몰라줄 때면 서운한 감정이 생길 때도 있다. 사실 말하지 않으면 절대 알 수 없는 게 사람의 마음일 텐데.

특히 아내는 연애 시절 몇 번이고 나에게 갑돌이와 갑순이가 헤어진 이유를 아는지 물었다. 아내의 같은 물음에 언젠가는 인터넷에서 갑돌이와 갑순이가 헤어진 이유를 찾아보기도 했다.

한 마을에 살던 갑돌이와 갑순이는 서로를 사랑했지만, 마음만을 가지고서 말하지 않아 결국 각각 다른 이와 결혼을 하게 되었다는 바보 같고도 슬픈 이야기였다. 갑돌이와 갑순이가 그 시절 우효의 노래를 들었더라면 비극적인 헤어짐을 막을 수 있었을까. 그래도 나와 아내는 몇 년의 연애를 거쳐 결혼까지는 하게 되었으니 갑돌이, 갑순이보다는 사정이 나은 편 아닌가 싶기도 하고. 갑돌이와 갑순이의 비극은 피했을지언정 아내는 남편이라는 사람이 과묵하게 지내기보다는 될 수 있으면 말하고 표현해주었으면 하는 눈치다.

그러니 해야지. 말해야지. 표현해야지. 우효의 노래처럼 내 마음이 어떠하든 간에 멋진 지녁노을이 내신 말해주는 일은 없을 테니까. 그렇게 우효의 곡을 들을 때마다 하고 싶은 말이나 해야 할 말은 해야겠다고 다짐을 하게 된다. 뭐, 여전히 가끔은 저녁노을이 대신 말해주는 것도 괜찮겠다 싶을 때도 있지만.

* 우효의 추천 곡으로는 본문에 나오는 곡들 그대로.
  〈Vineyard〉, 〈소녀감성 100퍼센트〉, 〈아마도 우린〉,
  〈고슴도치의 기도〉, 〈민들레〉, 〈토끼탈〉, 〈울고있을레게〉

구파발, 밤 눈
송창식, 〈밤 눈〉

눈 내리는 모습이 싫어지면 어른이 된 거라던데. 그렇담 나는 어른과 아이의 경계에 있는 걸까. 너무 많은 눈이 내려서 차가 막히고 길이 미끄러워지는 건 싫지만 눈이 내리는 모습을 보는 건 여전히 설레고 좋은 일이다. 계절 중에서 겨울을 가장 좋아하기도 하고.

그러고 보면 어릴 때 학교에서 배운 이 나라의 장점 중 하나로는 사계절이 뚜렷하다는 거였는데, 이제는 기후 변화로 봄과 가을은 몹시 짧아 희미해지고 여름과 겨울은 부쩍 길어진 느낌이다. 그럼에도 여전히 겨울을 좋아하는 이유를 꼽으라면 역시 아름다운 눈의

121

존재 때문이 아닐까.

겨울이 좋아서든 눈이 좋아서든 관련된 이런저런 것들을 좋아한다. 우선 겨울 느낌이 물씬 나는 음악들. 색소폰이나 트럼펫 등의 관악기가 등장하거나 별이 쏟아질 듯한 차임벨Chime bell로 시작하는 음악에는 따뜻함과 포근함이 느껴져서 좋다.

소설 중에서는 그 유명한 도입부 "국경의 긴 터널을 빠져나오자 눈의 고장이었다. 밤의 밑바닥이 하얘졌다."로 시작하는 가와바타 야스나리의 『설국』을 좋아한다. 온통 새하얀 눈의 고장과 차창에 비치는 너머의 사람들을 바라보는 그 나직한 관음.

그림에 대해서는 무지몽매한 인간이지만, 처음으로 실물이 보고 싶어 경기도 이천에 있는 미술관을 찾았던 것도 월전 장우성 화백이 그린 〈눈〉이라는 수묵화 작품 때문이었다. 새하얀 눈밭에 펑펑 나리는 밤 눈이 몹시도 아름답고 슬프게 느껴져서 나는 한참을 그 그림 앞에 서 있어야만 했다.

따지고 보면 소설 『설국』이 좋았던 것도, 월전의 〈눈〉이 좋았던 것도 사실은 이 음악 때문 아니었을까 싶다. 그러니까 나에게는 『설국』을 읽을 때나 월전의 그림을 볼 때 배경음악처럼 들리는 음악이 있었다. 매년 겨울이 되면 찾아 듣게 되는, 눈이 내리면 찾게 듣게 되는, 그야말로 겨울과 눈과 관련하여 가장 좋아하는 작품인 송창식의 〈밤 눈〉이다.

송창식의 〈밤 눈〉은 한때 작가 최인호가 가사를 썼다는 얘기도 있었고, 그의 동생 최영호가 가사를 썼다는 얘기도 있었다. 둘 중 한 사람이 모티프를 제공했고 나머지 한 사람이 가사를 썼다는 얘기도 있었다. 앨범 크레딧 작사가로 최인호가 아닌 최영호의 이름이 올라간 까닭인데, 이제는 최인호가 고등학교 졸업식 전날 밤 쓴 가사라는 게 정설로 받아들여지는 듯하다.

고등학생이 이런 서정적인 노랫말을 썼다는 게 놀랍지만, 최인호는 고등학교 2학년 때 이미 신춘문예에 가작 입선했으니 그 놀라움이 조금 수그러들기도 한다. 〈밤 눈〉은 졸업을 앞둔 기쁨과 설렘보다 세상에 나가는 두려움을 표현한 가사였다는데, 실제로 송창식은 군 입대를 얼마 남겨두지 않은 상황에서 이 곡을 불렀다고 한다. 과연 〈밤 눈〉은 미래가 불투명한 청춘의 노랫말이었던 걸까.

IMF 시절 가세가 기울고 부모님은 집을 팔아야 했다. 월세를 전전하며 몇 번의 이사를 하고 오랜 시간이 지나서야 부모님은 구파발역 근처에 새집을 장만할 수 있었다. 지금이야 구파발역 앞에 가면 쇼핑몰과 종합병원을 포함한 마천루가 들어섰지만, 부모님이 새집을 장만할 당시만 해도 구파발역 근처는 허허벌판이었다.

구파발역에서 집까지 걸어가기엔 조금 애매한 거리였다. 마을버스가 다녔지만 이른 시간 운행을 멈췄다. 회사가 늦게 끝나는 날이면 어쩔 수 없이 터벅터벅 그먼 길을 걸어야 했다. 어두컴컴한 허허벌판의 그 길을. 여름엔 덥고 겨울엔 추웠다. 인적도 드물었다. 달과 별 아래 풀벌레 소리만이 가득했다.

가끔 음악을 들을 때면 음악 속 풍경이 현실 세계에서 펼쳐질 때가 있는데, 이게 참 묘하고 신기한 경험이다. 내겐 송창식이 부른 〈밤 눈〉을 들을 때가 그랬다. 어느 추운 겨울밤, 어둠이 내려 새까만 하늘이 가득했던 시간에 구파발역에 내려보니 새하얀 눈이 쌓여 있었다. 어쩌나 많은 눈이 왔던지 발목까지 덮였다. 아무도 밟지 않은 새하얀 눈을 밟으며 앞으로 나아갈 때 귀에서는 송창식의 〈밤 눈〉이 흐르고 있었다. 귓가에 흐르는 〈밤 눈〉 너머로는 터벅터벅, 뽀드득뽀득 하고서 눈 밟는 소리가 들려왔다.

마치 세상에 나 홀로 있는 듯한 기분. 송창식의 〈밤
눈〉이 너무 아름다워서였는지, 아무도 밟지 않은 새
하얀 눈과 새까만 하늘이 아름다워서였는지. 나도 모
르게 하염없이 눈물이 흐르던 밤길이었다. 밤의 밑바
닥을 하얗게 만든, 아름다운 밤 눈.

 * 문학가가 작사한 곡 중에서는 이남이가 부른〈그대가
   떠난다면〉을 좋아한다. 소설가 박범신이 노랫말을 지었다.

고장 난 보일러와 에둘러 말하기
십센치, 〈그게 아니고〉

어느 해 구정 연휴의 첫날밤이었다. 안방에서 아내가 전기 플러그를 콘센트에 꽂는 순간 '파팟' 소리가 나더니 온 집이 어두컴컴해졌다. 태어나서 정전을 처음 경험한 큰 아이는 무섭다며 눈물을 터트리려 했다. 왜 정전이 됐을까?

합리적 의심을 해볼 시간. 볼bowl 형태의 가습기를 쓴다. 볼 안에 물을 가득 담아 사용하는데 막 돌이 지난 둘째가 가습기를 건드렸던 모양이다. 멀티탭에 물이 조금 떨어졌을 테고 그걸 몰랐던 아내는 그대로 전기를 꽂았겠지. 그 순간 파팟. 정전.

아내에게 조심 좀 하라고 얘길 했더니 '나 몰라. 배째.' 스킬을 부렸다. 화가 났다. 마음이 넓지 못한 나는 사소한 일에도 예민하게 군다. 휴대폰 손전등을 켜고 전기를 살려야 했다. 아내가 두꺼비집에 가보라고 했다. 이사하고서 두꺼비집을 처음 열어보았다. 어둠속에서 두꺼비집을 열다가 발을 헛디뎠다. 엄지발톱일부가 깨져 날아갔다. 나이가 들면 손톱 발톱도 약해진다. 공장에서 일하던 시절, 기계 장비를 옮기다가 발톱이 빠진 적이 있다. 그때의 기억이 살아나서 울고 싶었다. 또 화가 났다.

투혼을 발휘하며 두꺼비집을 열어보니 누전 차단기가 내려가 있었다. 스위치를 올리자 다행히 집은 환해졌다. 그렇게 전기를 살리고서 안방에 가서 살펴보니 예상대로 바닥에 물이 흥건했다. 멀티탭을 뒤집어서 물을 빼내는데 아내가 또 일을 시킨다.

"보일러 좀 봐줘. 안 켜져."

고등학생 때 수포자에 과학이 싫어 문돌이가 된 사람이다. 기계가 어떻게 돌아가는지 모르는 사람이다. 팩스의 원리가 신기해서 인터넷에 '팩스 원리'를 찾아본 사람이다. 그런 내게 보일러를 보라니. 그래도 시키면 해야 하는 게 남편으로서의 도리. 확인해보니 아내 말대로 보일러 전원이 안 켜졌다. 눈에 보이는 버튼을 모두 눌러봤는데도 먹통인 상황. 나와 아내는 이불을 뒤집어쓰고 자면 그만이지만, 아직 어린 아이들은 밤사이 추위에 떨지도 모를 일. 보일러 AS 센터에 전화를 걸었다. 연휴 탓이었는지 혹은 그 밤에 보일러가 고장 나는 집이 많아서였는지 통화 연결에도 한참이 걸렸다.

어렵사리 연결된 상담원에게 사정을 알렸다. 누전 차단기가 떨어졌고 그 때문인지 보일러 전원이 안 켜진다고. 어떻게 켜는지 알려달라고 했지만, 상담원은 우리가 할 수 있는 영역 밖의 일이라고 했다. 수긍했다. 그래, 난 기계치 바보 문돌이니까. 접수를 하면 다음 날 오전에 기사분이 오실 수 있다고 했다. 출장료는 만오천 원이지만 연휴 할증이 붙어 이만 원이라고 했다. 연휴인데 오셔서 보일러만 고쳐주신다면 그저 감사할 뿐이다.

다음 날 오전에 약속대로 기사님이 방문하셨다. 기사님은 능숙하게 보일러 본체를 열어보시고는 뚝딱 고쳐주었다. 어깨 너머로 그 모습을 보고 있으니 과연 상담원의 말대로 내가 어찌할 수 있는 수준의 일이 아니었다. 기사님은 실온으로 설정돼 있던 보일러를 온

돌로 바꿔주시기도 했다. 온돌 온도를 몇으로 맞춰야 할지 몰라 다음 날 바로 원래대로 돌려놓긴 했지만.

그렇게 보일러는 하루 만에 고쳐졌지만 생각하면 밤사이에 많은 일들이 있었다. 보일러가 켜지지 않아 잠시 추운 집을 경험하기도 했고, 크지는 않지만 할증이 붙은 지출이 생기기도 했다. 아이는 정전에 두려워 떨기도 했고, 나는 발톱이 깨지기도 했다. 연휴 첫날부터 아내에게 필요 이상으로 짜증을 내기도 했으니 나는 물론 아내 역시 마음이 편치는 않았을 것이다. 그러니 보일러가 고장 나서 울 만한 사유는 여러 가지다.

십센치10cm의 정규 1집 《1.0》에 실린 〈그게 아니고〉를 좋아한다. 점차 고조되는 분위기의 곡으로 반전이 있고 문학성이 돋보이는 가사의 곡이다. 옛 연인의 흔적과 기억을 늘어놓으면서도 보일러가 고장 나서 운다던 화자는 마지막에 가서야 울음의 이유로 네가 있었음을 고백한다. 청자의 뒤통수를 때려주는 그 노랫말이 좋다. 〈그게 아니고〉의 가사가 아름다운 데는 이처럼 '에둘러 말하기'가 있어서라는 생각이 들었다.

우리는 살면서 가끔 이렇게 누군가에게 에둘러 말하기도 하는 법이니까. 너 때문에 울지만, 결코 너 때문에 울지는 않노라고, 그저 보일러가 고장 나서 우는 것이라고, 내가 이렇게 거짓으로 에둘러 말하여도 사실은 네가 알아주었으면 좋겠다는, 그 복잡하고도 미묘한 찌질한 마음.

가족의 장점으로는 어쩌면 이런 에둘러 말하기가 필요 없기 때문일지도 모르겠다는 생각이 들었다. 그러니까 나는 그날 정말 보일러가 고장 나서 울고 싶었다.

* 가사가 돋보이는 십센치의 곡들

♪ 〈눈이 오네〉

♪ 〈새벽 4시〉

♪ 〈그러니까…〉

♪ 〈Fine Thank You And You?〉

♪ 〈스토커〉

♪ 〈가진다는 말은 좀 그렇지?〉

♪ 〈열대야〉

피아노 배우기 좋은 나이 일곱 살

Sioen, 〈Crusin'〉
Michel Polnareff,
〈Love Me, Please Love Me〉

과거 추억을 떠올리며 살아가길 좋아하는 사람이다. 단 한 번 시간을 되돌릴 수 있다면 피아노 학원에 다니라고 등 떠밀던 모친의 제안을 거절하던 그날로 돌아가고 싶다. 엄마 말 잘 들으면 자다가도 떡이 생긴다는 그 말이 맞나 보다.

일곱 살 정도였던 거 같다. 그땐 피아노보다 동네에서 공 차고 노는 게 더 좋았다. 피아노 학원은 여자아이들이나 다니는 거라 생각했던 모양이다. 그때 엄마 말을 듣지 않은 게 정말 후회된다. 바보 같은 놈.

성인이 되어 동네 피아노 학원에 다녔다. 바이엘 하

권까지 배우고는 시간 탓을 하며 그만두었다. 이미 굳어버린 손가락이 원망스러웠다. 그때부터라도 꾸준히 쳤다면 지금쯤 피아노 경력 20년은 되었을 텐데. 바보 같은 놈.

피아노 치며 노래 부르는 남자를 보면 그게 참 멋있고 부럽다. 내겐 하나의 로망이 된 것이다. 피아노 치는 모습이 특히나 멋진 남성 뮤지션이 둘 있는데, 한 명은 벨기에 뮤지션 시오엔*Sioen*이다.

한국에서는 그의 데뷔 앨범에 실린 〈Crusin'〉이 한 의류 CM송으로 쓰이면서 알려졌다. 기네스 펠트로 *Gwyneth Paltrow*와 다니엘 헤니*Daniel Henney*가 나오던 광고였다. 나만 알고 싶었던 좋은 곡인데 CM송으로 쓰이면서 대중들에게도 익숙한 곡이 되었다.

데뷔 앨범을 제외하곤 라이선스 계약이 안 된 탓에 해외 직구로 그의 음반을 구하기도 했다. 벨기에에서 활동하는 뮤지션이 내한을 할까 싶었는데 세월이 흘러 시오엔은 한국을 제집 드나들듯 들어온다. 각종 방송 출연은 물론이요, 백화점 문화센터 공연까지 섭렵하고 있다.

시오엔의 SNS를 보면 한국인 친구들도 많은 것 같고, 김치를 포함한 한식도 즐겨 먹으니 이제는 반 한국인이라고 봐도 좋을 것 같다. 시오엔은 국내에서 〈홍대〉라는 곡도 발표했고 한국 뮤지션들과 콜라보 앨범도 냈다. 오래 살고 볼 일이다.

피아노 치는 두 명의 멋진 남성 뮤지션 중 다른 한 명은 프랑스 뮤지션인 미셸 폴나레프*Michel Polnareff*다. 두꺼운 하얀 테의 라이방이 트레이드마크인 아주 멋진 영감님. 젊은 시절 청년 미셸 폴나레프는 삐쩍 말라 가냘픈 몸이었는데 언제부턴가 탄탄한 근육남이 되어 나타났다. 백발의 노인이 된 지금은 조금 덜하겠지만 말이다. 대체 그의 삶에 무슨 일이 있었던 걸까? 동네에 좋은 헬스클럽이라도 들어섰던 걸까?

1966년에 발표한 미셸 폴나레프의 〈Love Me, Please Love Me〉를 정말 좋아한다. 곡 제목에 콤마가 한 번 들어가는데 정확히 어디에 콤마를 찍는지 늘 헷갈리는 곡이다. 사실 어디에 콤마를 찍어도 비굴한 제목인 건 똑같다.

사랑해줘, 제발 나를 사랑해줘.

사랑해줘 제발, 나를 사랑해줘.

이것 봐. 둘 다 비굴하잖아.

〈Love Me, Please Love Me〉는 도입부 피아노 연주가

환상적인 곡이다. 피아노 연주를 하는 그의 손가락을 보고 있노라면 손가락 하나하나가 발레를 하듯 우아하고 현란하게 움직인다. 미셸 영감님이 몸이 좋아져서 그런지 1960년대 녹음한 스튜디오 버전보다 최근 라이브에서 연주하는 버전이 더 듣기 좋다. 예전에 비해 피아노 연주에 악력이 느껴지기도 한다. 공연에서 피아노 연주가 시작되면서는 관중들의 떼창도 어마어마하다.

누군가 피아노 연주가 좋은 곡을 소개해달라고 하면 어김없이 가장 먼저 소개해주는 곡이기도 하다. 실제로 살면서 몇몇에게 호기롭게 추천했지만 〈Love Me, Please Love Me〉는 호불호가 좀 갈리는 곡이라는 걸 알게 되었다. 가성을 쓰며 노래한 미셸의 보컬이 소름 끼친다는 반응도 있었다. 모든 예술이 그렇듯 음악 역시 듣는 사람마다 다른 느낌을 가질 테니 그러려니 싶지만, 나는 그런 미셸 보컬마저 소름끼치게 좋아한다. 피아니스트로뿐만 아니라 보컬리스트로서도 미셸 폴나레프를 좋아한다.

미셸 폴나레프도 한국과 인연이 있는 뮤지션이다. 그의 곡 〈Qui A Tue Grand' Maman(누가 할머니를 죽였는가)〉는 〈오월의 노래〉라는 제목으로 번안되어 불리기도 했다. 1980년대 광주민주화운동과 관련된 셈이다. 매년 5월 18일이 되면 〈임을 위한 행진곡〉 제창을 두고 말들이 많던데, 그냥 미셸 폴나레프 영감님을 한번 초대하는 건 어떨까? 미셸 폴나레프가 연주하는 피아노 소리를 직접 듣게 된다면 그건 정말 멋진 일일 것 같다.

아들 1호가 일곱 살이 되었을 때 어머니가 내게 그 랬듯이 피아노 학원에 다닐 것을 권유했다. 어린 나이에 피아노를 배우지 않은 것을 후회하던 내 자신이 떠올랐기 때문이다. 후회의 대물림을 막아보고 싶었다.

"피아노 배워. 피아노 배우면 나중에 예쁜 여자 친구 사귈 수 있어."

"엄마보다 더 예뻐?"

아이에게는 엄마가 세상에서 가장 예쁜 시기였을까. 아쉽게도 아들 1호는 피아노 학원을 거절했고 태권도 학원에 다녔다. 그로부터 4년이 지나 네 살 터울의 아들 2호가 일곱 살이 되었다.

"피아노 배워. 피아노 배우면 나중에 예쁜 여자 친구 사귈 수 있어."

아들 2호는 얼마 전부터 동네 피아노 교습소에 다

니기 시작한다.

어머니가 나에게 그랬듯, 내가 아이들에게 그랬듯, 어쩌면 일곱 살은 피아노를 시작하기 좋은 나이인지도 모르겠다.

아이들은 자란다
Bebe Winans, 〈Love Thang〉

둘째 아이가 태어났습니다.

그리고 인큐베이터에 들어갔습니다.

우리 부부는 2010년에 결혼했고, 아내는 허니문 베이비로 예상되는 첫 아이를 임신했습니다. 이듬해 아이의 심장 소리를 들으러 산부인과를 찾은 날 아이의 심장이 뛰지 않는다는 소리를 들었습니다. 그렇게 아내는 수술로 첫 아이의 흔적을 지웠습니다.

얼마간의 시간이 흐른 후 아내는 두 번째 임신을 했고, 심장 소리도 잘 들렸습니다. 아이의 성별을 알기 전에는 딸바보가 되고 싶다는 생각에 출퇴근길엔 비비 와이넌스*Bebe Winans*의 〈Love Thang〉을 듣기도 했습니다.

"아니, 119를 불러야지 택시를 잡으면 어떡해요?"

만삭이던 아내는 집에 혼자 있다가 양수가 터졌고, 산부인과를 가려고 집 앞에서 택시를 잡았다고 합니다. 살면서 처음 겪은 일이니 정신이 없었을 겁니다. 아내는 택시 기사분에게 추가 요금을 조금 더 쥐어주고 홀로 수술실에 들어갔습니다. 집 바닥에 홍건히 묻어 있던 양수를 봤을 때, 그리고 택시 기사에게 타박을 받았을 아내를 생각하면 지금도 미안한 마음입니다.

우리 부부에게 아이가 오기 전에도 아내는 다른 집 아이들을 보면 참 예뻐했습니다. "객관적으로 그 애는 조금 못났더라."라고 얘길하면 아내는 그런 소리하지 말라며, 예쁘지 않은 아이가 어디 있냐며 저를 나무랐습니다. 봄의 기운을 느끼기엔 여전히 춥던 3월의 어느 날 아내는 제왕절개로 첫 아이를 출산했습니다. 아내는 마취가 다 풀리지 않아 힘겨워하는 상황에서 저에게 물었습니다. "우리 애. 예뻐? 객관적으로 봐도 예뻐?" 하고 말이에요.

"예뻐. 너무 예뻐. 그러니까 어서 일어나."

아이가 생기면 생각이 많아집니다. 천사라는 단어는 연애 시절의 여자 친구에게나 쓰는 단어가 아닐까 생각했는데 갓 태어난 아이들을 보면 정말 천사를 보는 것 같습니다. 성악설을 믿는 누구라도 신생아실에 가둬놓으면 성선설을 믿게 될 거란 생각이 듭니다.

첫째 아이는 기대했던 딸아이는 아니었지만 전혀 상관이 없었습니다. 아이가 생기면 삶의 원동력도 생깁니다. 더 열심히 살아야지, 더 열심히 벌어야지. 내 꿈을 포기하더라도 슬프지만 기쁜 마음으로. 물론 이런 생각은 시간이 흐르면서 조금씩 옅어지긴 하지만 살면서 큰 원동력이 되는 것은 사실입니다.

예쁘게 자라는 첫째 아이를 보면서 이런저런 생각이 듭니다. 유산으로 세상에 나와보지 못한 아이가 정상적으로 태어났더라면 지금 우리 곁에 있는 이 아이는 존재하지 않았겠구나. 첫째 아이의 눈망울을 보면서 한참을 이런 생각에 빠지기도 했습니다.

첫째 아이가 네 살이 되었을 때, 많은 시간이 흐르고 세상에 홀로 남을 아이를 떠올리면 너무 외롭지 않을까 하는 생각이 들었습니다. 하늘을 봐야 별을 딸

텐데, 아이를 키우다 보니 하늘 볼 기회도 잘 없습니다. 그러던 중에 "나 생리 안 한다."는 아내의 말에 기쁜 마음과 복잡한 마음이 교차합니다. 첫째 놈과 이제 좀 말이 통하는데 둘째가 덥석 생겼으니 지금까지 해온 걸 한 번 더 해야 합니다.

아내는 첫째 아이 때부터 임신성 당뇨가 있었는데, 이번에는 임신중독증까지 찾아왔습니다. 불청객도 이런 불청객이 없습니다. 아내는 매일 아침 스스로 허벅지에 인슐린을 투여하고 혈압 약을 복용했습니다.

둘째 출산 예정일을 이십여 일 앞두고 아내는 배가 아프다며 병원에 입원했습니다. 모두가 잠든 새벽녘이었습니다. 의사는 몇 가지 검사 끝에 아이가 나오려 하니 당장 다음 날 아침 수술로 아이를 꺼내야 한다고 했습니다. 둘째 아이의 예정일은 1월이었는데 해를 넘기지 않은 12월에 세상에 나왔습니다.

그리고 인큐베이터에 들어갔습니다. 의사 말로는 엄마 뱃속에서 나오면서 양수를 좀 먹었고 폐에 물이 찬 거 같다고 합니다. 그 결과 산소포화도 수치가 좀 떨어진다고 합니다. 문돌이가 뭘 알겠나요. 그저 산소라는 단어가 이렇게 무섭게 느껴지긴 처음입니다.

인큐베이터 속 둘째 아이의 코에 산소 호흡기를 달

아놓으니 참 애처롭습니다. 조금만 있으면 맛있는 엄마 젖 먹을 수 있는데, 커서 식욕이 얼마나 풍성해지려고 양수를 먹고 나오는지 모르겠습니다. 크면 물어봐야겠어요.

신생아 중환자실에서 아이를 면회했을 때 간호사는 양손의 손가락이 다섯 개씩, 양발의 발가락이 다섯 개씩 있음을 확인시켜주고, 기저귀를 벗겨 고추를 보여주면서 아들인 것도 확인해주었습니다. 애처로운 모습은 애처로운 대로 사랑스럽습니다.

주변에선 아이가 생기지 않아 인공수정이나 시험관 아이를 시도하는 부부를 종종 봅니다. 아이가 생기더라도 원치 않았을 장애가 있는 경우도 종종 봅니다. 남의 불행을 이용해서 나에게 위로 삼을 생각은 없습니다. 신생아 중환자실엔 우리 아이 말고도 몇몇 아이가 있습니다. 누구의 아이든 아프지 않고 잘 자라면 좋겠습니다. 둘째 아이가 태어나면서 우는 모습을 보고 엄마가 저에게 얘기합니다.

"얼라들이 나오면서 왜 우는지 아나? 이 더러운 세상 우에 살아갈까 하고 운다 안 카나?"

더러운 세상이라도 일단은 건강하고 봅시다. 모두들. 그리고 우리 둘째 아이도.

*

둘째 아이가 태어나고서 얼마 지나지 않아 쓴 글이다. 둘째는 2016년 12월생이니 아마 이 글도 그쯤에 썼을 테지. 당시에는 마음이 복잡하였으므로 글로써나마 해소를 하고 싶었던 모양이다.

둘째는 한동안 인큐베이터에 있다가 큰 병원에서 이런저런 검사를 받기도 했다. 태어나자마자 부모 속을 썩였던 둘째는 어느새 무럭무럭 자라 요즘에는 하루 종일 포켓몬 키링을 사달라고 졸라대는 어린이가 되었다. 12월생인 탓인지 또래 친구들보다는 키가 좀 작지만 어느새 몇 달 뒤면 초등학교에 들어갈 정도로 자랐다. 조금 늦은 감이 있지만 얼마 전부터는 한글을 떼기 시작하여 글도 썩 잘 읽어나간다. 언젠가는 애비가 쓰는 글과 책을 읽을 날도 오겠지.

비비 와이넌스의 〈Love Thang〉은 자신의 딸에게 바치는 곡인데, 연애 시절 지금의 아내와 함께 듣던 추억의 곡이기도 하다. 첫째나 둘째나 비비 와이넌스의

〈Love Thang〉을 들으며 상상했던 여자아이는 아니지만, 그런 건 정말 아무런 상관이 없다.

아, 뭐 물론 남자아이들이 좀 더 층간소음을 유발하는 면은 있는 듯하지만, 어쨌거나 시간은 잘도 흐르고 아이들도 잘 자란다. 둘째가 태어났던 2016년의 겨울이나 지금이나 가족에게 바라는 건 그저 하나, 건강하고 보자는 것. 건강하게만 지낸다면 시간은 어쨌거나 우리를 자라게 해줄 테니까.

덕배라는 이름과 오래된 자동차
《조덕배 콘서트》앨범

벨기에 축구 선수 중에 케빈 더 브라위너*Kevin De Bruyne*라고 있다. 한국 팬들은 그의 이름 앞글자 KDB를 따서 김덕배 혹은 덕배라고 부른다. 덕배, 덕배, 덕배.

어릴 때는 이름에 '덕'자가 들어가면 조금 촌스럽게 느껴졌다. "아빠, 이름에 쓰이는 '덕'자가 좋은 뜻이에요?" 하고 물었던 기억도 난다. 그때 아버지는, 그럼 좋지, 하고 대답하셨지만 촌스럽다는 생각은 당장에 가시질 않았다.

'덕'이라는 이름이 괜찮다고 느끼게 된 데는 뮤지션

조덕배를 통해서였다. 그러니까 축구 선수 김덕배 이전에 나에겐 최고로 애정하는 덕배, 조덕배가 있다.

십 대 시절 이문세가 DJ를 보던 라디오 프로그램 〈별이 빛나는 밤에〉를 애청했는데, 그때 게스트로 나온 조덕배의 목소리를 처음으로 들었다. 이문세와는 동갑내기 친구 사이라던가. 라디오를 통해 흘러 나오는 조덕배의 〈꿈에〉를 들으며 순수하고도 아름답다는 생각을 했다. 그전 같았으면 촌스럽다고 여겼을 '덕배'가 친근하게 다가오는 순간이었다.

그 후에 그가 소아마비를 앓았고 다리가 불편하다는 사실을 알았다. 그게 뭐 중한가. 목소리가 이렇게나 끝내주는데. 노래를 이렇게나 잘하는데. 가사를 이렇게나 잘 쓰는데. 그렇게 조덕배의 팬이 되었고, 그의 앨범을 사 모으기 시작했다.

조덕배가 발표한 앨범을 보면 희한하게도 4집이 없다. 1, 2, 3집 이후 바로 5집으로 넘어간다. 그 이유는 명확히 밝혀지지 않았지만, 어쩌면 4가 죽을 사死와 발음이 겹쳐서 그런 게 아니었을까 짐작만 할 뿐이다. 엘리베이터에 숫자 4 대신에 F를 쓰듯.

조덕배는 너무나 겁 많은 순수한 영혼을 가진 사람이 아니었을까. 가끔 신문 사회면에 그의 이름이 실릴 때도 나는 그의 아름다운 목소리를 믿으며 마음속으로 응원을 보내기도 했다.

조덕배가 부른 곡 제목을 보면 유독 '여인'이라는 단어가 많이 들어간다. 〈사랑하는 여인에게〉, 〈이 세상에 단 하나뿐인 여인〉, 〈노란 버스를 타고 간 여인〉, 〈안개 꽃을 든 여인〉, 〈아무것도 모르는 여인〉. 여인, 여인, 여인. 이런 까닭에 그는 내 마음속 최고의 로맨티스트 보컬이다. 음유시인이라는 단어에 유일하게 어울리는 보컬.

지금의 아내와는 직장인 밴드에서 만났다. 밴드 연습실은 서울 동쪽 휘경동에 있었는데, 아내의 집은 인천이었으니 그 거리가 말도 못 하게 멀었다. 서울에 살던 나는 어쩌다 보니 밴드 연습이 끝나면 아내를 집으로 데려다주는 역할을 수행하고 있었다.

당시 내 차는 좀 고물이었다. 기온이 뚝 떨어지는 겨울에는 시동이 잘 켜지질 않았다. 한여름에 에어컨을 켜면 언덕길에서 힘을 내지 못해 창문을 열고 느리게 달려야 했다. 어쩌나 고물 차였는지 시디를 돌리지도 못 하고 카세트테이프만 틀 수 있는 차였다.

몇 번의 이사를 하면서 집에는 정말 아끼는 몇 장

의 카세트테이프만 있었다. 그중 하나가 1993년에 나온 《조덕배 콘서트》 앨범이었다. 휘경동에서 아내가 살던 인천까지. 느리고 느린 차 안에서 우리가 함께 가장 많이 들었던 앨범이 《조덕배 콘서트》 앨범이었다. 결혼을 하고 이제 시디 플레이가 되는 차를 타면서 가끔씩은 시디로도 가지고 있던 《조덕배 콘서트》 앨범을 꺼낸다. 연애 시절에 그렇게나 많이 듣던 앨범인데. 오랜 시간이 지나 이 앨범을 다시 꺼낼 때의 내 마음을 아내는 아는지 몰라.

조덕배의 콘서트 앨범 재킷에는 그의 곡 〈사랑하는 여인에게〉의 노랫말 한 구절이 부제로 적혀 있다.

꽃이 피어서 시들 때까지
그게 천번이 지날 때까지

내가 참 좋아하는 구절이다.

* 그다지 많이 알려지지 않은 조덕배의 곡으로는 〈그대 없는 빈자리〉와 〈슬픈 달밤에 부르던 노래〉를 추천한다.

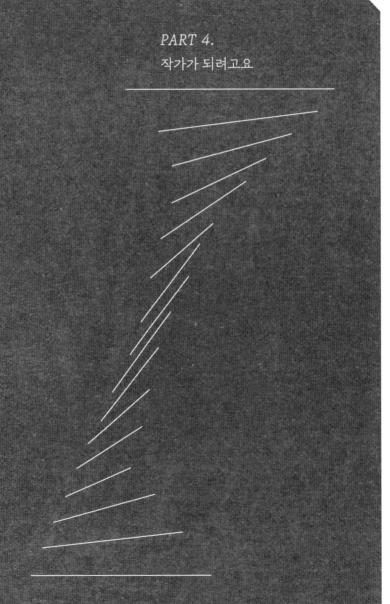

PART 4.
작가가 되려고요

빈센트를 들으며 울던 밤

Don McLean, 〈Vincent〉

2018년 5월 25일 금요일. 그날 저녁, 아내는 어쩐지 치킨이 먹고 싶다고 했다. 퇴근길에 집 앞 봉구비어에 들러 해당 매장에서만 판다는 닭날개를 사 들고 집에 들어왔다. 아이들은 이미 잠든 늦은 시간이었다. 아내와 TV를 보며 치킨을 뜯었다. 양념 묻은 손가락을 빨아가며 TV를 보는데, 박정현이 포르투갈의 한 도시 거리에서 노래하고 있었다. 1971년 돈 매클레인*Don McLean*이 발표했던 〈Vincent〉였다.

네덜란드 출신의 화가 빈센트 반 고흐의 삶을 그린 곡. 우리가 알고 있는 빈센트의 삶이란 게 그렇다. 살아생전에는 미친 사람 취급받으며 인기도 모르고 살다가 스스로 생을 마감하고서야 천재로 불린 사람. 돈 매클레인의 〈Vincent〉는 그런 모습을 노래한다. 이제야 우리는 당신을 이해하노라고.

TV에서는 박정현이 부르는 노랫말이 번역되어 자막으로 나왔다. 박정현의 목소리를 멍하니 듣다가 곡이 중반부에 이르자 나도 모르게 눈물이 흘렀다. 곡에 등장하는 'Artist'라는 단어를 보는 순간 감정이 요동친 것이다. 아내에겐 눈물을 보이고 싶지 않아 손가락에 묻은 양념을 씻는 척하며 주방 싱크대에 물을 틀어놓고는 그 앞에서 한참을 머물렀다.

눈물은 쉽게 멈추지 않았다. 얼마간의 시간이 흐르고 TV 앞에 돌아와 앉있을 때 눈시울이 붉어진 내 모습을 보고 아내는 물었다.

"울어? 왜 울어?"

2017년 가을로 기억한다. 책을 써보라는 지인의 권유에 음악 에세이를 내고 싶다는 꿈이 생겼다. 작가가 되고 싶다는 꿈이 생겼다. 그동안 써두었던 글과 새로운 글을 모아 2018년 초부터 출판사 여러 곳에 투고했지만 이렇다 할 긍정의 답을 주는 곳은 없었다.

그렇게 몇 달의 시간이 흐르고 조금씩 지쳐가고 있었다. 이제 그만둘까 싶었던 5월 15일 스승의 날, 한 출판사 대표님으로부터 투고 답장 메일을 받게 되었다. 답장 메일에는 "글이 참 좋네요."라는 짧은 문장이 적혀 있었다. 출판사에서 일하는 사람들은 투고자의 마음을 흔드는 법이라도 배우는 걸까. 어쩜 날도 이런 날에 맞춰 답장을 보내는 건가 싶었다. 내 평생의 스승으로 모시고 싶을 만큼 짧지만 감동적인 문장이었다.

그로부터 일주일이 지난 5월 22일, 출판사 대표님은 내게 두 번째 메일을 주었다. 첫 메일의 감동이 가시기도 전에 받은 새 메일에는 이렇게 쓰여 있었다.

"집중해서 읽을 수밖에 없는 좋은 글입니다."
"계약을 하고 싶습니다."

누군가 글쓰기는 세상에서 가장 외로운 예술이라고 했다던가. ⟨Vincent⟩를 들으며, 'Artist'라는 단어를 보고서 눈물이 난 까닭을 생각해보면 나 역시도 그동안 너무나 많이 외로웠기 때문이었다. 글을 쓰든, 그림을 그리든, 조각을 빚든 혹은 사진을 찍든, 노래를 부르든, 곡을 쓰든 자신의 창작물을 이해하고 알아봐주는 사람이 없다면, 예술이라는 이름하에 이뤄지는 대부분의 행위는 자기만족이 아닌 이상 그저 외로울 뿐이다. 백아의 거문고 소리를 알아봐주던 종자기가 있었듯이, 빈센트 반 고흐에게 동생 테오가 있었듯이 내게도 내 글을 알아봐줄 그 누군가가 그토록 필요했고, 이제는 그런 사람이 생겼다는 생각에 그간의 설움이 눈물로 쏟아진 것이다. 왜 우느냐는 아내의 질문에 한참을 더 울먹거리고서야 나는 대답을 할 수 있었다.

"출판사에서 계약하고 싶대."

출판사의 계약 제안 메일을 받고서 며칠 동안 혼자서 간직히고 있던 이야기를 아내에게 나누는 순간이었다. 치킨을 뜯으며. TV를 보며. 빈센트를 듣던 그날 밤엔 그렇게 많이도 울었다.

  * 2018년, 계약을 하고 싶다는 출판사와는 계약서 초안까지 주고받았지만 이런저런 사정으로 계약을 맺지는 않았다. 자세한 이야기는 2021년에 출간한 『난생처음 내 책 : 내게도 편집자가 생겼습니다』에 실려 있습니다, 네네. 읽어달라는 이야기이지요.

같은 길을 걸어간다는 것

김사월 & 윤중, 〈땐쓰걸즈〉

처음에는 책을 준비하며 누구에게도 말하지 않았다. 아내는 물론 다른 가족이나 친구 그 누구에게도. 작가가 되기보다는 영원히 지망생으로만 남을지도 모를 불안한 상황에서 괜히 말뿐인 사람이 되고 싶지는 않았으니까.

작가 지망생 누군가는 '문우文友'라고 부를 만한 사람을 만들어가며 글쓰기 모임이나 합평合評을 한다고도 하던데, 나는 아무리 생각해도 타인과 웃고 어울리며 글을 쓸 자신이 없었다. 그래서 내가 보낸 작가 지망생의 시간에 유독 더 외로워했는지도 모르겠다.

혼자서 글을 쓰고, 얼굴 한번 보지 못한 출판사 사람들에게 글을 보내고서는 평가를 받고, 또 그 평가라는 게 대부분은 우리 출판사에서는 너의 글을 책으로 내줄 수 없다는 반려 메일이었으니까. 혼자서 책을 준비하던 2018년은 그렇게 외로움과 상처를 온몸으로 견뎌내고 받아내야 하는 시간이었다.

그 시기에 자주 들었던 곡이 있었으니 영화 〈땐뽀걸즈〉의 OST로 '구체적인 밴드' 출신의 윤중이 작사, 작곡하고 김사월이 노래한 〈땐뽀걸즈〉다. 김사월의 목소리가 정말 좋다는 사실을 처음으로 깨닫게 되었던 곡이기도 하다.

〈땐뽀걸즈〉는 거제에 있는 한 여고에서 댄스 스포츠를 가르치는 체육 선생님과 그에게서 춤을 배우는 학생들을 취재한 다큐멘터리 영화로 훗날 동명의 드라마가 만들어지기도 했다. 이런 스토리 때문인지 〈땐뽀걸즈〉를 들으면 애틋한 감정과 함께 학창 시절이 떠오르곤 했다.

어려서부터 책을 싫어하진 않았는지 고등학생 때 도서부원으로 활동했다. 영화 〈땐뽀걸즈〉의 학생들이 댄스 스포츠 대회를 준비하듯 우리들도 같은 곳을 바라보며 활동한 일이 있다. 바로 1년에 단 하루였던 학교 축제를 준비하던 시간이었다.

　이름만 들어도 심심하고 따분해 보이는 도서부에서 학교 축제 때 할 수 있는 게 뭐 그리 있을까. 우리는 몇몇 책들을 선정해 읽고서 패널에 적어 소개하기로 했다. 그때 선정한 책 중 하나가 무라카미 하루키의 『상실의 시대』였다. 우리는 같은 책을 읽고서 의견을 나누었고, 무언가를 함께하고 있었다. 축제를 준비하던 어느 늦은 밤에는 학교 정문이 잠겨 있는 바람에 담을 넘기도 했다. 담 위를 비추어주던 노란 가로등 불빛 아래로는 하루살이들이 가득했다. 마치 일탈이라도 하는 듯 친구들과 담을 넘던 장면과 가로등 아래 하루살이들의 이미지가 20여 년이 흐른 지금도 가끔 떠오른다.

　축제를 앞두고는 스폰서를 구하기도 했다. 축제 팸플릿에 광고를 해주겠다며 학교 주변 상인들에게 광고비를 구하러 다녔던 일인데, IMF를 지나던 시기라서 그랬는지 상인들은 난색을 표했다. 누군가로부터 거절을 당하는 일. 혼자라면 하기 어려웠던 말과 행동이었을 텐데 친구들과 함께했기에 가능한 일이었다. 〈땐뽀걸즈〉에서 노래하는 대로, 다시는 돌아오지 않

157

을 시간이었다.

작가 지망생 시절 〈땐뽀걸즈〉를 들으며 서글픈 마음에 울컥하는 시간도 많았는데, 친구들과 함께했던 고교 시절과 달리 이제는 철저히 혼자라는 생각 때문인 듯도 하다. 거절을 받는 일은 어려서나 커서나 늘 어려운 일이니까. 그러니 어쩌면 나는 깊은 외로움에 글 친구를 얻고 싶었던 것일지도 모르겠다.

그러던 중에 군산에서 활동하는 배지영 작가님의 출판사 투고 후기를 읽게 되었다. 배지영 작가님은 글쓰기 플랫폼인 브런치 공모전에서 대상을 받으며 첫 책을 낸 이후, 출판사에 투고하여 두 번째 책 『소년의 레시피』를 출간했다. 작가님은 투고로 책이 나올 확률이 1퍼센트 정도라고 했다. 작가님이 쓴 투고 후기와 『소년의 레시피』를 보며 나는 자연스레 그의 팬이 되었다. 그가 앞서 걸었던 길을 따라가고 싶었다.

그렇게 팬심을 가지고 지내던 어느 날, 작가님이 내 글을 구독한다는 알람을 받았다. 내가 동경해오던 작가가 내가 쓴 글을 읽어준다는 것은 지금 생각해도 대단하고 놀라운 경험이다. 어쩌면 작가와 독자라는 평범한 사이로 남을 수도 있었을 텐데, 몇몇의 우연이 겹치면서 우리는 랜선을 타고 이야기를 주고받는 친구가 될 수 있었다.

　나보다 아홉 살이 많은 그에게 나는 그간 작가 지망생으로 느꼈던 외로움과 설움을 토로했고, 작가님은 조용히 귀 기울여 내 이야기를 들어주었다. 누군가의 징징거림을 오랜 시간 들어주는 일. 나라면 절대 하지 못할 일. 그러니 생각하면 배지영 작가님 덕에 작가 지망생 시절의 외로움을 이겨낼 수 있었다.

　작가 지망생에게 필요한 건 어쩌면 글쓰기에 대한 충고나 조언이 아닌, 그저 묵묵히 이야기를 들어주는 사람이 아닐는지. 축제를 준비하던 고교 시절, 같이 담을 넘던 친구들과 어두운 담을 비추어주던 가로등 불빛이 있었듯이 배지영 작가님은 작가 지망생이라는 막막한 길 위에 있던 나를 위해 등불을 밝히며 걸어주었다.

　첫 책 출간을 앞두고 서울에 일을 보러 온 배지영 작가님을 처음으로 만나 뵈었다. 용산역 서점 안에 있던 카페에서 우리는 마주했다. 1년 동안 랜선을 타고 나누던 대화를 드디어 현실 세계에서 하게 된 것이다. 조금이라도 어색하면 어쩌나 걱정했지만, 지영 작가님은 온라인에서 그러하듯 현실 세계에서도 웃으며 내 이야기를 들어주었다. 나는 작가님의 책 『소년의 레시피』에 사인을 받고서는 한참 출판사와 교정을 보고 있던 첫 책의 교정지를 보여주었다. 교정지 안에는 작가님과 작가 지망생이던 나의 이야기가 소설이란 이름을 빌려 쓰여 있었다.

몇 권의 책을 낸 요즘에도 〈땐뽀걸즈〉를 들으면 예의 그 도서부원 시절과 함께 배지영 작가님을 생각한다. 막막한 세상에 같은 길을 걸어가는 이가 있다는 것은 이토록이나 힘이 되고 아름답다. 내 인생에 문우나 멘토 같은 단어는 존재하지 않을 거라고 생각했는데, '문우'의 뜻이 '글로써 사귄 벗'이라면 내게 배지영 작가님은 더할 나위 없는 최고의 문우인 셈이다.

* 학창 시절을 떠올리게 하는 곡 중에선 이장우가 부른 〈청춘 예찬〉도 기억에 남는다. 당시 실제 여고생들이 함께 노래 부르고 코러스를 하기도 했다. 그때의 그 여고생들, 이제는 결혼도 하고 아이도 낳아 살아가고 있겠지? 한때 이장우와 함께 노래하던 그 청춘의 시절을 가끔 떠올려가며.

간절히 원하면 이루어지나요
김윤아, 〈꿈〉

꿈 (네이버 어학사전)

– 잠자는 동안에 깨어 있을 때와 마찬가지로 여러 가지 사물을 보고 듣는 정신 현상.

– 실현하고 싶은 희망이나 이상.

– 실현될 가능성이 아주 적거나 전혀 없는 헛된 기대나 생각.

세상에 '꿈'만큼이나 뜻이 달리 해석되는 단어가 있을까. 그러니까 누군가 나에게 "계속 꿈꿔."라고 말한다면 이게 나를 향한 응원인지 혹은 헛물켜지 말라

는 비아냥인지를 세심하게 살펴볼 필요가 있다. '꿈'
이라는 단어에는 이런 양면의 모습이 있어서 많은 이
들이 꿈 때문에 웃고 우는 거겠지. 어쩌면 이룰 수 있
을지도 몰라, 내가 원하는 걸 얻게 될지도 몰라, 하는
기대를 가지고 웃으며 살다가도, 또 어쩌면 이룰 수
없게 될지도 모르겠다는 절망의 마음으로 울고야 말
게 되는.

어릴 때부터 '꿈'과 관련된 곡을 좋아했다. 언젠가
세상을 향해 날아오를 거라고 노래하던 임재범의 〈비
상〉이나 주변에서 누가 뭐라건 내 꿈을 향해 앞으로
나아가게끔 해주었던 들국화의 〈그것만이 내 세상〉
같은 곡들. 나에게도 어릴 때는 분명 이루고자 하는
꿈이 있었으니까, 이렇게 꿈을 향해 나아가는 곡들을
좋아했던 거겠지.

세상 모든 꿈이 끝내 이루어진다면 얼마나 좋겠냐
마는 살아보니 삶은 가혹하기 그지없다. 학창 시절부
터 막연히 음악을 하고 싶다는 꿈이 있었다. 몇 번의
기회도 있었다. 그 몇 번의 기회가 하나둘 수포로 돌
아가는 사이, 나이를 먹고 꿈의 크기는 자연스레 점차
작아졌다. 그럼에도 꿈을 놓고 싶진 않아서 서른 가까
이 되도록 직장인 밴드에서 활동하며 내 삶 언저리에

꿈을 가둬놓았다. 하지만 더 많은 시간이 흐르자 결국 끝내는 소멸했다.

이루지 못한 꿈. 나에게 재능이 없었던 건지 노력이 없었던 건지. 아무런 의미도 없어진 그런 물음과 후회만이 꿈이 있던 자리를 대신하게 되었다.

그렇게 꿈을 완전히 놓아버린 후에야 알게 된 일이 하나 있다. 설령 이루지 못한 꿈이라도 계속 꿈을 가지고 살아가는 일은 꽤 괜찮다는 걸. 이루고자 하는 일이 사라져버리자 삶은 극도로 무료해지기 시작했다. 그저 안주하는 삶. 살아도 사는 것 같지 않은, 그저 다람쥐 쳇바퀴 돌 듯하는 일상에서 나는 아무것도 아닌 게 되어버린 것 같았다. 마음과 눈빛이 모두 텅 비어버린 듯이.

음악을 하고자 하는 꿈을 대신해 새로운 꿈이 생기기까지는 거의 10년 가까이가 걸린 것 같다. 직접 음악을 하진 않더라도 음악과 관련된 일을 할 수 있지 않을까. 어쩌면 음악 에세이를 책으로 내는 일 같은 거. 글을 쓰는 작가가 되는 그런 거.

2018년 음악 에세이 원고를 출판사에 투고하면서 마음이 힘들 때면 늘 김윤아의 〈꿈〉을 들었다. 김윤아가 부른 〈꿈〉은 전에 들었던 여느 꿈과 관련된 곡과 달리 지극히 현실을 노래하고 있었다. 꿈이 가지고 있는 양면의 모습을 모두 다루고 있었다. 나를 살게 하고, 죽고 싶게 만들기도 하는 그 꿈을 노래하고 있었다.

무엇보다 김윤아의 〈꿈〉이 좋았던 것은 간절히 원해도 결코 이루어질 수 없는 게 있음을 알려준 점이다. 1년 동안 200여 곳의 출판사에 글을 보내고도 책이 되지 않자, 또다시 꿈의 실패를 떠올려야만 했다. 이루지 못할 수도 있겠다는 생각이 들었다. 그럴 때면 TV에 나와 강연을 하며 간절히 원하면 이루어진다고 쉽게 말하는 사람들이 미웠다. 저 사람들은 이루었구나. 꿈을 이루었구나. 저들의 재능과 노력은 대단하겠지만, 간절히 원하면 이루어질 기라고 말하는 그 가벼움에는 나의 꿈이 무시당하는 기분이 들었다.

어렵사리 새로이 생긴 꿈인데, 이번에도 놓아버리면 그때는 마음이 정말 힘들 거 같은데. 그러니 김윤아의 〈꿈〉을 들으며 많이 웃고 울 수밖에. 김윤아의 〈꿈〉은 그렇게 현실적인 꿈의 양면을 노래하며 나에게 많은 위로를 건네주었다.

몇 권의 책을 내면서 작가 지망생들에게 연락이 오는 경우가 있다. 투고를 해서 책을 낼 수 있는지에 대한 물음에 나는 간절히 원하면 이루어질 거라고 말하지 않는다. 어려울 수 있습니다. 안 될 확률이 높습니다. 간절함과는 상관이 없습니다. 저는 그저 운이 조금 좋았던 것 같아요. 다만 글을 쓰고자 하는 그 꿈에는 응원을 보냅니다, 하는 식으로 말한다. 마치 김윤아의 〈꿈〉이 나에게 말해주었던 것처럼.

〈꿈〉은 밴드 자우림의 보컬인 김윤아의 네 번째 솔로 앨범 《타인의 고통》에 수록된 곡으로 김윤아가 작사, 작곡했다.

봄을 기다리는 일

이윤찬, 〈겨우살이〉

학연, 지연, 혈연 이런저런 연들 중에 딱히 의지하지도 또 기대하지도 않는 게 있다면 단연 학연이다. 같은 학교 출신이라는 것만으로 살갑게 지낸다는 게 정서적으로 이해가 안 가기도 하고, 무엇보다 대학을 졸업하지도 못했다. 그렇다 보니 딱히 알고 지내는 학교 선후배도 거의 없다. 친구도 많이 없는 인간이 선후배가 있을 리가.

몇 년 전 술자리에선 이런 일도 있었다. 그리 친하지 않았던 고교 동창을 만났는데 그는 여의도의 증권맨이 되어 있었다. 녀석은 불쾌해진 얼굴로 대뜸 자기

테이블의 누군가를 소개해주었다.

"인사해, 나랑 같은 회사에 계시는 분인데 우리 고등학교 선배님이셔."

내가 언제 선배 소개해달랬나. 당황스러운 마음에 엉거주춤하고 있었더니 얼굴 한번 못 보고 살아온 낯선 사람이 내게 이렇게 말했다.

"학교 선밴데 말 놔도 되지?"

'안 되는데요, 이 새끼야. 언제 봤다고.' 하는 마음의 소리를 밝히진 못하고, 어이쿠 네네 그럼요 그럼요 해버렸다. 비굴한 인간 같으니. 근데 진짜 나이 차이도 얼마 나지 않는 주제에 처음 보는 사람한테 말을 놓는 그 인성을 나는 이해할 수가 없다. 밥이라도 한 끼 사주고 말 놓던가. 그렇게도 선배 대접을 받고 싶은 걸까.

사람이 가지고 있는 이런저런 욕구들, 그러니까 식욕, 수면욕, 성욕 같은 기본적인 욕구만큼이나 사람의 인정 욕구는 강한 것 같다. 그리고 글을 쓰고 책을 내는 일 역시 어쩌면 인정 욕구에서 출발하는 것인지도 모르겠다.

우선 자기 자신이 인정할 수 있을 만한 글을 써내

야 하고, 그 후에는 글을 책으로 만들어줄 수 있는 편집자의 인정을 기다려야 하고, 책이 된 후에는 불특정 다수로 이루어진 독자의 인정을 기다리게 된다. 그 하나하나의 과정이 마치 혹독하고 추운 겨울을 버텨내는 일처럼 느껴진다. 봄은 까마득히 멀고 멀어 어쩌면 영원토록 오지 않을 것 같기도 하다.

특히 글을 쓰고 출판사에 투고했던 시간은 오로지 편집자 단 한 사람의 인정을 기다리는 일과도 같다. 수십 수백의 출판사에서 거절하더라도 단 한 사람의 편집자만 설득할 수 있다면, 그렇게만 된다면 작가 지망생이라는 무거운 딱지를 떼어낼 수 있겠지만, 그 한 사람을 설득하는 일이 무척이나 요원하다. 자신을 알아봐주는 대중이 없을 때 예술가는 슬픈 법이라고 누가 그랬던가. 그런 상황을 상상하면 마음 깊은 곳에서 슬픔이 차오른다.

들어주는 사람 없는 노래를 부르는 이.

보아주는 사람 없는 그림을 그리는 이.

그리고 읽어주는 사람 없는 글을 쓰는 세상의 수많은 작가 지망생들.

그 모두가 봄을 기다리는 사람들이다.

이윤찬이 부른 〈겨우살이〉(봄을 바란다)는 이런 예술가의 혹독한 모습을 노래한다. 들어주는 이가 없더라도 언젠가 다가올 봄을 기다리며 노래하겠노라고. 겨울과 봄 사이에 지고 피는 겨우살이에 자신의 마음을 빗댄 이 곡을 들으면서 나 역시 오랜 시간 누군가의 인정을 기다렸다. 단출한 악기 구성에 이윤찬의 목소리 하나로 밀고 나가는 곡에서 설명할 수 없는 큰 감동을 느꼈다. 예나 지금이나 내게는 눈물 버튼과도 같은 곡이다.

이윤찬의 목소리를 처음으로 들은 건 김현식 사후 20주기에 발표된 트리뷰트 앨범을 통해서였다. 당시 '더딥송The Deep Song'이라는 밴드가 김현식의 〈사랑할 수 없어〉를 불렀는데, 정제되지 않은 보컬의 거친 목소리가 무척이나 인상적이었다. 약간 술에 취해 부르는 듯한 느낌이기도 했고. 그 밴드 더딥송의 보컬이 바로 이윤찬이었다.

그 후 더딥송은 밴드명을 '24일'로 바꾸기도 했고, 이윤찬은 '데이먼'이라는 이름으로 활동을 하기도 했다. 그러니까 더딥송, 24일, 데이먼, 이윤찬 그 모두가 나에게는 한 사람의 목소리로 인식되어 있다. 이윤찬은 이런저런 영화나 드라마 OST에 참여하며 꾸준히 노래하기도 하지만, 또 가끔은 활동이 뜸하게 느껴지기도 한다.

그의 소식이 궁금했던 하루는 페이스북에서 이름을 쳐보다가 흠칫 놀랐다. 그가 나와 같은 고등학교 출신이었기 때문이다. 작가 지망생 시절, 버팀목이 되어주었던 〈겨우살이〉를 불렀던 이가 고등학교 선배였다니. 이윤찬이 나와 같은 학교 출신이라는 게 어쩐지 좋기도 했다. 아, 그래. 이 정도라면 학연에 신경쓰지 않는 나도 선배님이라고 부르며 인사하고 싶어진다. 선배님, 노래해주셔서 정말 감사합니다, 하고서.

〈겨우살이〉의 화자가 봄을 기다리며 노래하듯 오랜시간 출판사의 문을 두드리고서 책이 나오자 내게도 봄이 오는 듯한 기분이었다. 혁연, 지연, 혈연에 크게 의지하지 않는 나라고 하더라도 출간 후에는 무슨 수를 써서든 책을 알리고 팔아야만 했다. 그렇게 첫 책을 내고서는 페이스북에 있는 고등학교 동문 커뮤니티에 가입했다.

"안녕하세요 선후배동기님들, 저는 25기 졸업생으로 이번에 책을 내게 되어…."

170

내가 이렇게나 비굴하다.

* 최근 몇 년간 봄이 오면 늘 듣는 곡으로는 소마의
  〈꽃가루〉가 있다. 짧은 봄을 노래하는 더없이 아름다운 곡.

글쓰기라는 독립적인 일
Bruce Springsteen, ⟨Independence Day⟩

　누군가에게 브루스 스프링스틴*Bruce Springsteen*의 ⟨Independence Day⟩를 소개하라면 이렇게 말하고 싶다. 건반, 색소폰, 기타 등의 연주와 보스(브루스의 별명)의 보컬, 노랫말까지 모든 게 꿈결에서 들릴 듯한 곡.

　살면서 평생 나를 괴롭힌 단어가 있다면 '자립'이나 '독립' 같은 말들이다. 가끔 어린 나이에 자기 사업을 일군 이들이나 스스로의 힘으로 무언가를 척척 해내는 사람을 보면 그게 참 부러웠다. 설령 그들의 나이가 나보다 어려도 형이나 누나라고 부르고 싶을 정도랄까. 한마디로 자기 앞가림하면서 사는 이들을 보면

172

다들 대단하게 느껴진다.

15년 넘게 아버지 회사에서 일을 하고 있다. 가업이 라면 가업이겠는데, 문제는 15년 넘도록 이 직업에 필 요한 전문 지식을 공부하고자 하는 마음도 아직은 딱히 들지 않고, 동종업계의 사람들하고 같이 어울리고 픈 마음도 별로 없다. 이걸 다른 말로 하면 적성이 안 맞는다고 할 수 있으려나. 내가 다른 공부를 많이 한 것도 아니고, 무능력한 자식을 아버지가 거두어주신 모양새라 아버지 없었으면 내 한 몸 건사하며 살았을까 싶고, 그 와중에 처자식까지 생겼으니 적성이고 나발이고 회사를 다녀야지, 하는 게 어느새 15년이 넘었다.

그러니까 '자립'이나 '독립' 같은 단어를 떠올리면 나는 세상 앞에서 조금 겁이 나고 조금 초라해짐을 느 낀다. 나에게 아버지가 없었다면 어땠을까. 일본의 작가 다자이 오사무가 그랬던 거 같던데. 부모 잘 만나서 먹고사는 것에 큰 문제없이 사는 자신이 좀 부끄럽고 미안한 마음이 든다고.

나 역시 재벌 2세 같은 엄청난 부자는 아니더라도 아버지한테 월급 받고 사는 삶이 좀 부끄럽게 느껴진 적이 있다. 취업난에 시달리는 젊은이들을 보면서 나는 취업 스트레스 같은 거 없이 너무 맘 편하게 세상을 사는 게 아닐까 하는 미안한 마음이 들었던 거다.

두 번째 책으로 골프 에세이를 쓸 때 가장 고민했던 것도 그런 부분이었다. 많은 이들이 삶에 치여 허덕이며 살 때 아버지 잘 만나서 세상 편하게 골프 배우는 이야기를 하고 있는 건 아닐까. 누군가에게 상대적 박탈감을 안겨주는 글을 쓰고 있는 것은 아닐까. 자립이나 독립은커녕 아버지가 없었다면 아무것도 못했을 내가.

이렇게 말하니까 누가 보면 우리 집 되게 잘사는 줄 알겠네. 그건 아닌데. 가끔 재벌 2세들 갑질하며 사고 치는 거 보면 나는 성격이 이래가지고 아무리 돈이 많아도 갑질 같은 건 못 하고 살 거야, 하는 생각을 하기도 한다.

보스의 〈Independence Day〉는 오해를 많이 사는 곡이다. 제목 때문에 역사가 짧은 미국의 독립기념일을 노래한 곡이라 생각하는 이도 있고, 몇 줄의 가사 때문에 아버지의 죽음을 노래한 곡이 아니냐는 해석도 있다. 내용 자체는 아버지에게 안녕을 고하는 곡이 맞기도 하니까.

그렇다고 이 곡이 부친의 죽음을 노래한 곡은 아니

다. 부자간의 불화를 피해 꿈을 찾아 떠나겠다는, 출가 혹은 가출, 그야말로 한 개인의 독립을 노래하는 곡이다. 실제로 보스의 아버지는 네스카페 농장에서 일하는 노동자였는데, 보스는 아버지처럼 살지 않겠다며 뮤지션의 꿈을 위해 자신의 고향을 떠나온다. 그러니까 〈Independence Day〉는 아버지와 가족의 품을 떠나 스스로의 꿈을 찾아 나서는 꿈에 관한 곡이다.

보스가 이 곡을 만들 때쯤 나이의 나에게도 분명 꿈은 있었다. 차이라면 보스는 꿈을 찾아 독립을 택했고, 나는 아버지 회사에 다니며 현실에 안주했던 것뿐. 아버지가 없었다면 이 한 몸 어디 발붙일 데가 있었을까, 하는 생각이 들면서도 자립이나 독립이라는 단어를 떠올리면 여전히 내 자신이 몹시 초라해졌다. 아버지와 같은 회사를 다니며 내 스스로의 힘으로 무언가를 해낼 수 있는 게 아무것도 없다는 생각이 들 때는 더욱. 그래서 유독 글쓰기와 책 쓰기에 매달렸는지도. 백지를 까맣게 채우고, 출판사에 글을 보내고, 편집자를 만나 책을 내는 일은 그 누구도 관여할 수 없는, 살면서 처음으로 경험하는 독립적인 일이었으니까.

나에게 글을 쓰고 책을 낸다는 일은 그런 의미였

다. 실제로 책을 준비하며 '독립'이라는 단어가 주던 무거움을 아주 조금은 덜어낼 수 있었다. 그건 혼자의 힘으로도 무언가 할 수 있는 일이 생겼다는 발견이기도 했다. 그렇게 첫 책을 내고서 며칠간은 퇴근길에 늘 보스의 〈Independence Day〉를 들으며 속으로 되뇌곤 했다.

아버지, 저 혼자의 힘으로 무언가를 해냈습니다,
저한테는 오늘이 독립일이에요, 독립일.
Just Say Goodbye, It's Independence Day.

아름답게 전해지고 싶은 마음
김광석, 〈너에게〉

    2019년 첫 책을 낸 이후로 매년 책을 내고 있다. 책의 판권일 기준으로 2019년엔 11월에, 2020년은 7월에, 2021년과 2022년엔 각각 3월에 책이 나왔다.

    책이 나오면 출판사에서는 저자 증정본으로 20여 권을 보내주는데, 첫 책의 증정본은 집으로 배송을 받았다. 첫 책이 집으로 도착하던 날, 회사에서 일하고 있던 나를 대신해 아내는 박스를 뜯어 책 사진을 보내주었다. 사실 그 박스 내가 뜯고 싶었는데. 퇴근하고서 내가 쓴 첫 책을 만나러 집으로 가는 시간에는 잰걸음에 가슴이 조금 뛰었던 것도 같다. 조금은 울컥했던 거 같기도 하고.

그렇게 첫 책을 집으로 받은 이후부터는 줄곧 회사 주소로 증정본 택배를 받고 있다. 내가 쓴 나의 책. 누구보다 먼저 내 손으로 만져보고 읽어보고 싶다는 욕심 때문이었을까. 그렇게 증정본이 도착하면 꼭 사진을 찍어 기록해두기도 한다.

출판사에서 보내주는 저자 증정본을 마주하는 일이 이제는 익숙해질 법도 한데, 그때마다 늘 새롭다. 여러 권의 같은 책을 보고 있으면 어쩐지 묘한 기분이 들기도 하고. 백지 위 까만 글씨에 불과했던 나의 생각들이 이렇게 하나의 책으로 묶였구나. 누구에게든 사랑받았으면 좋겠다는 생각이 들면서, 잘 팔릴 수 있을지 걱정이 되기도 한다.

그러고 보니 책이 나오는 날 즈음으로 유독 즐겨 듣는 음악이 몇 곡 있다. 일단은 책이 나왔다는 흥분감에 힙합을 찾게 된다. 투팍2pac의 〈Nothing To Lose〉를 들으며, 요즘에는 책이 워낙에 팔리지 않는 시대이니까 설령 책이 팔리지 않는다 해도 괜찮아, 나는 이 책으로 인해 잃을 게 없어, 하는 방어기제를 보이기도 한다. 그러고선 또 정반대의 마음으로 노토리어스 비

아이지*Notorious BIG*의 〈Juicy〉를 들으며, 어쩌면 이 책이 나에겐 하나의 기회일지도 몰라, 어쩌면 이 책이 정말 정말 잘될지도 몰라, 하면서 자신감을 채우며 희망을 품기도 한다.

잃을 게 없어, 잘될지도 몰라, 잃을 게 없어, 잘될지도 몰라, 잃을 게 없어, 잘될지도 몰라, 잃을 게 없어, 잘될지도 몰라, 잃을 게 없어, 잘될지도 몰라, 잃을 게 없어, 잘될지도 몰라, 잃을 게 없어, 잘될지도 몰라, 잃을 게 없어, 잘될지도 몰라, 잃을 게 없어, 잘될지도 몰라, 잃을 게 없어, 잘될지도 몰라, 잃을 게 없어, 잘될지도 몰라, 아니 어쩌면 잃을 게 생길지도 몰라, 그리고 잘 안 될지도 몰라, 잃을 게 없어, 잘될지도 몰라, 몰라몰라 아 정말 몰라.

여러 권의 같은 책을 보며 복잡하고도 알 수 없는 마음이 되어버린다. 그렇게 왔다 갔다 하는, 조금은 흥분된 마음으로 힙합을 듣다가 결국 마지막으로 듣게 되는 곡은 늘 정해져 있다. 바로 김광석의 〈너에게〉다.

〈너에게〉는 내가 알고 있는 가장 아름다운 노랫말의 고백송이다. 독자 누구에게라도 내가 쓴 글이, 내가 쓴 책이 아름다운 무엇이 되어 가 닿았으면 하는 마음으로. 내가 쓴 이야기에 고개 끄덕여주고 이해해주길 바라는 마음으로 이 곡을 찾아 듣게 된다. 책이란 결국 독자들이 읽어주어야만 그 가치가 빛나는 법이니까. 출판사에서 보내주는 증정본을 받은 날에는 누군가 내 책을 읽어주는 모습을 상상하게 되고, 그럴때면 꼭 그렇게 고백을 하는 것만 같은 기분이 든다.

고백은 결과를 알 수 없다. 상대가 내 마음을 받아줄지 아닐지. 결코 알 수 없는 노릇이다. 다만 나의 고백이 세상에서 가장 아름다운 언어와 표현으로 전해질 수 있다면, 그럴 수만 있다면, 상대방은 나의 고백을 받아줄지도 몰라, 하는 마음이 생기는 듯하다. 꼭 그렇게 될 수만 있다면.

〈너에게〉는 김광석 솔로 1집의 첫 트랙으로, 한국 대중음악사에서 빼놓을 수 없는 작곡가 김형석의 입봉작으로 알려졌다. 이제는 유명 작곡가가 되었다지만, 그 시작에는 적잖은 우여곡절이 있었지 싶다. 김형석이 한 예능 프로그램에 출연해 김광석과 〈너에게〉를 작업하던 시절의 이야기를 들려주었는데, 그게 오래도록 기억에 남는다.

편곡자가 곡과 노랫말을 쓴 김형석에게 직접 피아

노 세션을 맡겼지만, 스튜디오 세션 경험이 없었던 김형석으로 인해 녹음 시간이 오래 걸렸다고. 아마도 의기소침해진 마음으로 김형석은 김광석에서 이렇게 말했다고 한다.

"형, 나 음악을 포기해야 할까 봐. 내 길이 아닌 것 같아."

동생이 이렇게 칭얼거린다면 따뜻한 위로의 말을 해줄 법도 한데, 김광석의 대답은 의외였다.

"다른 거 해봐."

김광석이 나름의 충격요법을 썼던 걸까. 다행히 김형석은 〈너에게〉 이후 음악을 포기하지 않고 꾸준히 작품을 발표하며 대중들의 사랑을 받고 있다. 나 역시 살면서 김형석이 쓴 몇 곡에 큰 위로를 받기도 했으니 그가 포기하지 않고 음악을 해준 것이 새삼 고맙기도 하다. 〈너에게〉를 부른 김광석에 대한 고마움은 말할 것도 없고.

실물 책을 받아 드는 그날마다 〈너에게〉를 듣는다. 독자에게 고백을 하는 여린 마음이 되어서는 내가 알고 있는 가장 아름다운 노랫말의 그 고백 노래를. 그리고 아마도 내 생애 다섯 번째 책이 되어줄 이 음악 에세이가 나에게로 오는 날 역시 나는 〈너에게〉를 찾

아 듣게 되겠지. 복잡하고도 알 수 없는 마음들을 다
스려가면서.

  * 좋아하는 김광석의 곡들
  ♪ 〈잊어야 한다는 마음으로〉
  ♪ 〈너무 아픈 사랑은 사랑이 아니었음을〉
  ♪ 〈사랑했지만〉
  ♪ 〈흐린 가을 하늘에 편지를 써〉
  ♪ 〈먼지가 되어〉
  ♪ 〈거리에서〉
  ♪ 〈기다려줘〉
  ♪ 〈그녀가 처음 울던 날〉
  ♪ 〈변해가네〉
  ♪ 〈그날들〉 등등

깊은 바다로의 다이빙

Style Council, 〈It's a Very Deep Sea〉

내가 쓴 글을 읽고서 스스로 찡한 마음을 갖는다고 말하면 아마 우스워 보이겠지. 다행인지 실제로 그런 일은 거의 없고, 글을 쓰고 나서 갖게 되는 대부분의 감정은 부끄러움에 가깝다. 다만 첫 번째 책『작가님? 작가님!』의 에필로그를 쓰고서 다시 읽어보았을 때는 조금 찡한 마음이 들기도 했다. 간절히 원하던 첫 책을 마무리하는 페이지이기도 했고, 첫 책을 준비하던 시간이 주마등처럼 스쳐 지났기 때문이기도 하다.

『작가님? 작가님!』의 에필로그에는 책을 준비하며 고마웠던 분들을 적었다. 부모님과 가족, 배지영 작가님, 처음으로 나에게 책을 써보라고 권해주셨던 문현기 교수님이나 음악 웹진에서 함께 글을 쓰던 동료들. 그리고 편집자님. 그렇게 에필로그에 적었던 이들 대개는 지척에 머무르고 있는 지인들이었다. 단 한 사람, 영국인 폴 웰러*Paul Weller*만 빼고. 나는 왜 데뷔작 에필로그에 말도 통하지 않는 외국인의 이름을 적어냈을까.

폴 웰러는 1958년 영국 출신으로 밴드 더 잼*The Jam*과 스타일 카운실*Style Council*을 거친 뮤지션이다. 곡도 쓰고, 가사도 쓰고, 노래도 하고, 기타도 치고, 베이스도 치고, 건반도 치는 그야말로 북 치고 장구 치는 전천후 천재 뮤지션이랄까. 특징이라면 한국에서는 희한하리만큼 인기가 없다는 것 정도.

폴 웰러를 알게 된 계기는 정확히 기억나지 않지만, 스타일 카운실 시절 그가 만들고 불렀던 음악들을 사랑한다. 끝내주게 멋진 그의 목소리 또한. 살다 보면 창작을 앞에 두고 유독 많은 영감을 안겨주는 곡을 만나게 되는데, 『작가님? 작가님!』을 쓸 때는 스타일 카운실의 〈It's a Very Deep Sea〉가 특히나 그랬다. 파도치는 소리와 거품이 이는 소리, 갈매기 소리를 이용해 청각적으로 바다를 들려주는 이 곡에서 화자는 깊은 바다로의 다이빙을 노래한다.

다이빙. 다이빙. 다이빙.
그리고 또 다이빙.

가만히 놔두어도 괜찮을, 보물보다는 깡통에 가까운 것들을 건져 올리기 위해. 가치도 없고, 말하고 싶지도 않은 것들을 건져 올리기 위해. 계속해서 다이빙을 하고 어쩌면 수면 위로 올라와 감각을 되찾을 거라고 노래하는 곡은 그 자체로 예술인의 영감을 노래하고 있는 듯했다.

과거를 파헤치고 건져 올리기 위한 깊은 바다로의 다이빙. 에세이를 주로 쓰는 나의 글쓰기가 폴 웰러가 노래하는 깊은 바다와 꼭 닮았다는 생각이 들어서, 글을 쓰다 막힐 때면 그렇게 〈It's a Very Deep Sea〉를 꺼내 들었다. 조금은 울먹이는 듯한 폴 웰러의 음성 때문인지 들을 때마다 우울한 기분이 들었지만, 신기하게도 그때마다 하고픈 이야기가 생겨났다. 그러니 첫책의 에필로그에 고마운 사람으로 폴 웰러의 이름을 적어낼 수밖에.

작가들마다 다르겠지만 나에게 글을 쓴다는 일은 그렇다. 지나온 내 삶이 깊은 바다라면 나는 자꾸만 그 안을 헤집는다. 가만히 두어도 괜찮을, 굳이 들추어 좋을 것 없는 어설프고 부끄러운 과거의 일들. 바로 직전에 있었던 일부터 떠올릴 수 있는 가장 먼 과거로 돌아가 기억에서 사라지기 직전의 이야기를 들고서 오는 일. 그리고 그것들을 종이 위에 적어내는 일.

글을 쓴다는 일은 자꾸만 과거의 나를 돌아보는 일이다. 지나간 일을 떠올리는 것은 대체로 고통스럽다. 그 안에는 후회와 회한이 가득하다. 드러내고 싶지 않다. 부끄럽다. 숨기고 싶다. 그 누구도 나에게 그것들을 꺼내 오라고 말하지 않는다. 그런데도 나는 왜 가만히 두는 게 더 나을지도 모를 그 과거의 일들을 파헤치려 드는 걸까? 글쎄, 모르겠다. 알 수 없다. 그저 쓰는 고통보다 쓰지 않는 고통이 더 크다고 말하는 수밖에. 그렇게 더 큰 고통을 피하기 위해 깊고 고요한 바닷속을 다시 어지러이 헤집는 일을 반복하게 된다.

음악의 힘은 때로 무척이나 강력하여 그 유효함이 오랫동안 가기도 한다. 몇 권의 책을 낸 지금도 여전히 글을 쓰다가 막힐 때면, 내가 가진 바다로 뛰어드는 것에 두려움을 느낄 때면 스타일 카운실의 〈It's a

Very Deep Sea〉를 꺼내 듣는다. 그렇게 또 다이빙, 다이빙, 다이빙. 내 안의 세계로 빠져든다.

* 스타일 카운실의 곡 중에서는 〈The Paris Match〉도 좋아한다. 일본의 음악 그룹 패리스 매치*Paris Match*가 이 곡에서 그룹명을 따온 것으로 알려졌다.

나를 거기로 데려가줘

정혜선, 〈오, 왠지〉

어릴 적 어른이 되면 원하는 시간 언제든지 음악을 들을 수 있을 거라 생각했다. 어른만 되면 좋아하는 음악이나 실컷 들으면서 살아야지 했는데, 그게 쉽지 않다는 걸 깨닫는 데는 그리 많은 나이가 필요치 않았다. 특히나 결혼하고 아이가 생기면서는 혼자 조용히 음악을 들을 수 있는 시간이 부쩍 줄었다.

이제 온전히 혼자서 음악을 들을 수 있는 시간은 대중교통을 이용할 때 정도인데, 아이러니하게도 이런 자유 시간은 회사 업무를 보면서 생겨난다. 뭔가 자유롭지 않은 상황에서 맛보는 자유로움이랄까. 사막에서 오아시스를 만나면 이런 기분이려나. 혹은 고독한 미식가가 일하다가 맛있는 식사를 할 때의 기분?

한 달에 한 번 정도 회사 업무로 지하철을 타고 왕복 두어 시간을 왔다 갔다 할 일이 있는데, 이때가 가장 오래 음악을 들을 수 있는 날이다. 시디플레이어로 음악을 들을 때야 단일 앨범을 들었다지만, 스마트폰을 이용해 음악을 들으면서는 셔플 버튼을 켜놓고 랜덤으로 흐르는 음악을 듣는다. 다음에 어떤 곡이 나올지 알 수 없는 상황에서 무작위로 들려오는 음악을 맞으며 수시로 기분이 전환되기도 하고, 또 어떨 때는 잊힌 옛 기억을 떠올리기도 한다. 또 어떤 곡은 방심하고 있던 마음을 푸욱 찌르는 비수가 되어 주책도 없이 눈물짓게 만들기도 한다.

글을 쓰고 책을 준비하는 일은 철저하게 혼자가 되어 꿈을 좇는 일이었다. 외로움과 좌절감에 마음은 지쳐가고 어디엔가 자꾸만 기대고 싶은 일이었다. 나의 꿈을 이루어줄 누군가가 있다면, 글을 쓰다 기대 쉴 수 있는 누군가가 있다면, 그의 직업은 분명 출판사 편집자이겠지, 하는 생각으로 작가 지망생 시절을 보냈다. 내 글을 알아봐주고 이해해줄 편집자 단 한 사람만 만날 수 있다면.

그런 마음으로 지내던 어느 날 회사일로 지하철을 타고 내려서 길을 걷고 있을 때였다. 여느 날과 같이 랜덤으로 설정해놓은 수천 곡의 음악들 사이에서 정혜선의 〈오, 왠지〉가 흘렀고, 그 목소리는 이내 날카로운 비수가 되어 나를 찔러대기 시작했다. 나름 힘겨운 시간들을 잘 견뎌내왔다고 생각해왔는데, 정혜선의 목소리를 듣는 그 순간 나는 길 위에 한참을 멈춰서서는 움직일 수 없었다.

정혜선이 노래하는 〈오, 왠지〉의 가사가 모두 내 이야기 같았으니까. 정혜선의 목소리에는 어쩐지 그런 묘하고도 강한 힘이 있었으니까. 정혜선 역시 몹시도 힘든 시간을 보내고서 돌아왔을 테니까.

정혜선은 한국 음악사에서 조금은 특이한 뮤지션으로 기억될 듯싶다. 정혜선은 〈나의 하늘〉로 1989년 제1회 유재하음악경연대회에서 은상을 받으며 이름을 알렸다. 그때는 대상이 없었고, 조규찬이 〈무지개〉로 금상을 받았으니 정혜선은 실질적인 2등이었달까. 어쨌든 그로부터 3년이 지난 1992년 정혜선은 첫 번째 앨범을 발표한다. 〈오, 왠지〉는 정혜선의 첫 정규앨범 첫 번째 트랙이었다.

1989년이든 1992년이든 당시 초등학생이었던 나는 정혜선의 존재 자체를 알지 못했다. 내가 정혜선의 목소리를 처음으로 들었던 것은 그로부터 한참의 시간이 지나 2000년쯤 〈꿈속의 꿈〉이라는 곡을 통해서였다. 그 사이 정혜선에겐 무슨 일이 있었던 걸까.

정혜선은 데뷔 앨범에서 전곡을 작사, 작곡하며 싱어송라이터로서의 면모를 유감없이 발휘했지만, 안타깝게도 대중적인 인기를 끌진 못했다. 그리고 잠시 휴식기를 가진 후 1995년 2집 앨범을 녹음 작업까지 마쳤지만, 앨범은 여러 사정으로 정식 발매 유통되지 못했다. 발매되지 못한 정혜선의 두 번째 앨범은 일부 홍보용 시디가 관계자들 사이에 풀리며 도시전설처럼 남았다.

그러던 1997년 PC통신 천리안의 음악 동호회 '두레마을'에서 '우리가 죽기 전에 꼭 들어야 할 가요 100곡'을 선정한 적이 있는데, 그중 한 곡이 바로 정혜선 2집에 수록되었던 〈꿈속의 꿈〉이었다. 동호회 사람들이 선정한 리스트가 나름 괜찮았는지 이듬해 1998년에는 유희열이 진행하던 라디오 프로그램에 리스트가 소개되기도 했단다.

2000년쯤 나는 운 좋게도 누군가로부터 이 리스트 100곡이 담긴 시디를 선물로 받게 되었다. 지금처럼 유튜브가 있던 것도 아니고, 원하는 음악을 언제든지 스트리밍으로 들을 수 있는 시대도 아니었다. mp3 한 곡을 다운로드하기 위해 30분은 족히 기다려야 했던 그런 시대에 훌륭한 가요 100곡이 담긴 시디 선물은 보물과도 같았다.

'우리가 죽기 전에 꼭 들어야 할 가요 100곡'이라는 멋들어진 이름의 리스트. 그중에서 정식 발매도 되지 않았던 앨범 속 트랙 〈꿈속의 꿈〉을 통해 정혜선의 목소리를 처음으로 듣게 된 셈이다. 당시 정혜선의 목소리를 듣고서 들었던 느낌은 '뭐지?'였다. 목소리도 발성도 창법도 발음도 하나같이 모두 오묘했는데, 이걸 다른 말로 표현하자면 '독보적'이었다. 이미 데뷔 앨범을 작업할 때부터 주변에서는 10년 이상 앞서간 뮤지션이라고 평을 했다더니 그 이야기가 자연스레 수긍되었다.

히트하지 못한 1집, 발매되지 못한 2집. 누구와도 비교할 수 없는 음색의 소유자. 죽기 전에 들어봐야 할 곡을 남기고서 홀연히 사라진 뮤지션. 정혜선은 정말 이런 도시전설 같은 여러 이야기들을 남겨놓고 사라져버렸다. 시간이 흘러 정혜선의 1집과 2집 홍보용 시디는 음반 콜렉터들 사이에서 수십만 원이 넘는 가격으로 거래되었다.

그렇게 〈꿈속의 꿈〉, 독특한 음색, 희귀 음반 같은 이미지로 기억하고 있던 정혜선은 2집 작업 이후 20년이 넘는 세월이 지나 2017년 새로운 앨범을 들고 대중 곁으로 돌아왔다. 〈꿈속의 꿈〉을 포함해 발매되지 못했던 2집의 일부 곡을 새로 녹음해서 발표하기도 했고, 1집 전곡을 리마스터링하여 신곡과 함께 발표했다. 1992년에 발표되었던 그녀의 1집 앨범을 사반세기가 지나서야 온전히 들을 수 있게 된 것이다. 25년이 지난 음악은 여전히 촌스럽지 않고 생명력을 유지하고 있었다.

음악을 떠나 있던 20년 넘는 긴 세월 동안 정혜선은 음악에 대한 꿈과 열정을 저버릴 수 없었다고 한다. 꿈과 열정. 나라면 20년이 지나서도 꿈과 열정을 가지고서 다시 도전할 만한 무언가가 있을까 싶었는데, 신기하게도 정혜선이 가요계로 복귀하던 그 즈음부터 나는 작가가 되고 싶다는 꿈을 품게 되었다. 어쩔 수 없이 자꾸만 혼자라는 느낌도 더불어 생겨나면서.

그날 길 위에 멈춰서 들은 정혜선의 목소리는 여전

히 이상하고, 독특하고, 우울했는데 한편으로 아주 조금은 희망적으로도 들렸다. 누군가는 정혜선의 음악을 20년 동안 기다렸듯이, 언젠가는 내 글을 알아봐줄 편집자를 만날 수도 있지 않을까, 라는 생각을 하면서. 어, 왠지 아주 조금은.

그리고 시간이 흘러 정말 나를 작가라는 꿈의 자리로 데려다준 몇몇 편집자들을 만나 책을 낼 수 있게 되었다. 몇 권의 책을 낸 지금도 또 앞으로도 글을 쓰는 시간은 혼자라는 외로움 속에 나를 가둬두는 일이긴 하겠지만, 이제는 20년이 지나서도 무언가 흔쾌히 할 수 있는 일이 있다면, 그건 역시 글쓰기가 아닐까 하는 생각이 든다. 어릴 때부터 좋아하던 음악을 들으면서 글을 쓰는 일이라면 오 왠지, 더.

* 정혜선이 부른 곡 중에서 대중에게 딱 한 곡을 추천하라면 〈약속〉을 꼽고 싶다. 스케일이 무척이나 큰 록발라드 트랙.

내가 글을 쓰지 않아도

세븐, 〈내가 노래를 못해도〉

2000년대부터였을까. 한국의 3대 음악 기획사라고 하면 SM, YG, JYP라는 것에 별다른 이견이 없을 것이다. 서로 업계 라이벌이라는 이미지는 있었지만, 음악적 교류는 딱히 없어 보이던 이들 사이에서도 오랜 시간이 흐르자 콜라보 활동이 생겨나기도 했다.

그중 하나가 2012년 YG 소속이던 세븐*SE7EN*이 JYP 박진영의 곡을 노래한 일이었으니 바로 〈내가 노래를 못해도〉였다. 도입부에 '제와피'하고 속삭이는 박진영의 시그니처 사운드에 이어서 나오는 세븐의 목소리는 그런 점에서 사뭇 감동적이기까지 하다. 이런 콜라보의 특수성 덕인지는 모르겠지만, 나는 이 곡이 참 좋더라. 처음 들었을 때 세븐이 YG가 아닌 JYP에서 활동해도 괜찮았겠다 싶은 생각이 들 정도였으니까. 듣고 있으면 많이도 서글퍼지는 곡이기도 하고.

그러니까 〈내가 노래를 못해도〉는 누구라도 직업(일)이 있고, 또 누군가에게 사랑을 받고 있는 사람이라면 가사에 자신을 대입시켜 들을 수 있는 곡이다. 조금 더 깊게 파고든다면 한 사람의 자연인과 사랑의 본질까지도 생각해볼 수 있는 곡이 아닐까.

가수라는 직업을 가진 이가 모든 것을 잃고, 인기가 떨어지고, 노래를 못 하고, 혹여나 다른 직업을 갖게 된다 하여도 날 사랑해줄 건지 묻는 구절에서 나는 이제 글쓰기를 생각할 수밖에 없다. 글을 쓰면서, 정확하게는 몇 권의 책을 내면서 새로운 사람들을 많이 알게 되었다. 자연인 이경화가 아닌, 글을 쓰는 이경이라는 이름으로 나를 알게 된 이들은 보통 나를 '작가님'이라고 불러준다.

일단 나를 작가님이라고 불러주는 이들은 나에게 호의적일 확률이 높다. 내가 쓰는 글에 관심을 가지고 지켜봐주며, 재밌어해주고, 응원도 해준다. 심지어 내가 우울해하는 모습을 보이면 무슨 일이 있는 거냐며 걱정을 해주는 이도 생겼다. 그들은 '독자'라는 이름을 가지고 내 주변을 서성이는데, 내가 글을 쓰지 않았더라면 결코 알고 지내지 못했을 확률이 높은 사람들이다. 참으로 고마운 분들이긴 한데, 만약 내가 글을 쓰지 않을 때에도, 더 이상 책을 내지 않을 때에도, 따뜻한 시선으로 나를 바라보고 기다려줄 것인가를 생각해보면, 역시나 장담 불가다.

독자의 마음은 갈대와도 같고 세상에 글 쓰는 이는 많이 있으니, 어쩌면 나는 늘 누군가로부터 잊힐 사람이 될 준비를 해야 할지도 모르겠다. 이렇게 생각하면 내가 어떠한 상황에 놓여 있더라도, 나라는 사람 그 자체로 나를 사랑해줄 수 있는 사람은 어쩌면 가족 정도밖에 없지 않을까 하는 생각이 든다. 특히나 나를 낳아준 엄마라면.

처음 책을 냈던 몇 년 전에도, 그리고 그 후에 몇 권의 책을 냈을 때도 엄마는 당신의 아들을 자랑스러워하면서도 걱정스러워하셨다. 글 쓰는 거 힘들다던데, 책 하나 내려면 뼈가 삭는 고통이 따른다던데, 너무 스트레스 받으면서 글을 쓰지는 않았으면 좋겠다고. 글 같은 거 취미로 쓰고 힘이 들면 언제든 그만두어도 좋다고.

에이, 엄마, 뼈가 삭기는, 그 정도는 아니야, 하는 답을 무심히 건네면서도 〈내가 노래를 못해도〉를 들을 때면 문득 생각하게 된다. 내가 글 같은 거 쓰지 않아도, 글로써 더 이상 누군가를 울리고 웃기는 일을 할 수 없을 때도, 백지가 주는 공포를 이겨내지 못하고 단 한 자도 써내려갈 수 없을 때도, 그러니까 나에게서 '작가'라는 이름이 완전히 탈락했을 때도, 글은 커녕 몸이 아파 몸져누워 모든 것을 잃었을 때도 온전히 나라는 이유로 내 곁에 있어줄 수 있는 사람이 있다면.

* 함께 들으면 좋은 곡으로는 피프티센트50Cent의 〈21 Questions〉.

198

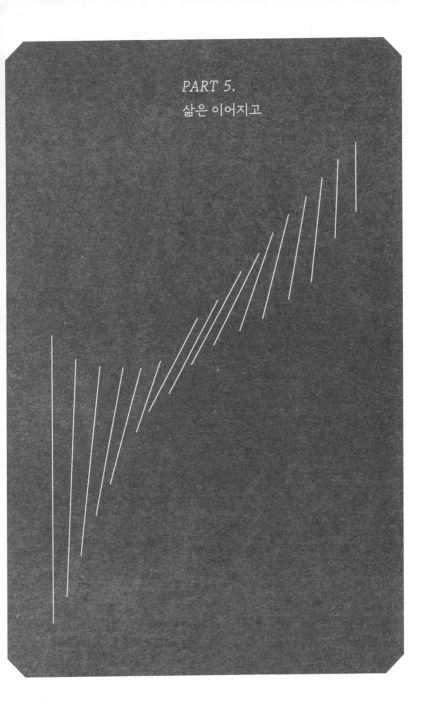

PART 5.
삶은 이어지고

걷고, 걷고, 잠시 멈추어 울고
들국화, 〈걷고, 걷고〉

나이 앞자리에 숫자 4가 들어서자 몸이 예전 같지 않다. 마흔하나가 되어서는 생각지도 못한 병원 신세를 지게 되었다. 그전에 허리가 안 좋은지 다리가 저리고 걷는 게 불편했는데 병원에서는 디스크 소견을 보였다. 디스크야 재활하면 되겠지, 운동으로 나으면 되겠지 싶었다.

그러다 허리가 아닌 다른 문제로 동네 병원을 찾았다가 큰 병원으로 옮겨가게 되었다. 이런저런 검사가 이어졌다. 다리가 저린 것처럼 당장 드러나는 아픔이 없었기에 별거 아닐 거라 여겼는데 의사 선생님은 너

201

환자 맞다고, 당장 치료가 필요하다고 말했다. 그렇게 하루아침에 입원과 치료가 필요한 환자가 되어버렸다.

그러고 보면 어릴 때부터 자주 죽음을 생각해왔다. 죽는다는 것은 무얼까? 사람은 왜 늙고 병드는 걸까? 죽음 다음에는 무엇이 있을까? 누구는 건강하게 장수를 하고, 누군가는 병들어 일찍 죽는 것을 보며 신의 존재와 능력에 의심을 품기 시작했다. 그리고 영혼은? 천국은? 지옥은? 윤회는? 무엇이 있고 없을까에 대해 홀로 생각하는 시간이 많았다.

그 어릴 적 생각하던 '죽음'은 두려움이라기보다 호기심의 대상이었다. 궁금하긴 하지만 나와는 거리가 먼, 그렇게 분명 어렴풋하고 희미하게 느껴지는 단어였는데, 나이 마흔이 넘어 병원에 다니면서부터 죽음이란 단어가 갑작스레 선명하게 다가온 것이다. 흔히 말하는 백세시대, 백세까지는 아니더라도 칠십 정도는 살 수 있겠거니 싶었는데, 병원에서 하는 이야기를 들으면서 이대로 가다가는 육십도 장담할 수 없겠다는 생각이 들었다.

그때부터였다. 시간을 내어 부러 걷기 시작한 게. 시시때때로 불편해져오는 다리를 이끌며 출퇴근길은 물론이고 회사에 있으면서도 시간이 나면 무조건 걸었다. 평소에도 걷는 걸 좋아했지만 건강을 생각하며 걷지는 않았는데, 이제는 건강을 위해 걸어야 하는 서글픈 나이가 되어버린 것이다.

코로나 탓인지 때마침 서점가에서는 산책이나 걷기와 관련된 책들이 나오고 있었다. 2021년에 출간한 세 번째 책『난생처음 내 책』을 함께 만들었던 티라미수 더북 출판사의 담당 편집자님은 신간으로 일본 소설가 오가와 요코가 쓴 에세이『걷다 보면 괜찮아질 거야』를 보내주시기도 했다. 몸이 아프다는 걸 인지하고 걷기 시작하면서 어쩐지 제목만으로도 위안이 되어주는 책이었다. 걷다 보면, 괜찮아질 거야. 걷다 보면, 괜찮아지겠지. 걷다 보면. 그래, 걷다 보면.

실제로 걸으면서 많은 잡생각을 떨쳐낼 수 있었다. 이래서 사람들이 산책을 하는구나 싶었다. 같은 공원을 연일 걸을 때는 하루하루 달라지는 꽃들의 피고 짐을 볼 수 있었다. 빨강과 분홍을 가진 5월의 장미가 환하게 피었을 때는 눈이 즐거웠다가, 지는 꽃을 보면서는 어쩐지 또 서글픈 마음이 들기도 했다. 그럼에도 저것들은 내년 5월이 되면 온갖 비바람을 이겨내고서 다시 예쁜 꽃을 피우게 되겠지. 꽃이 피고 지는 것처럼, 내 몸도 곧 나아지겠지. 그래, 걷다 보면.

평소 걸을 때는 늘 이어폰으로 음악을 들었는데, 병원에서 환자라는 진단이 떨어지고 나서는 한동안 걸으면서도 음악을 멀리했다. 아픈 몸은 그렇게 좋아하던 음악을 밀어내기도 했다. 대신 자연이 들려주는 소리에 귀를 기울이기 시작했다. 평소 귀를 막고 사느라 좀처럼 듣지 못했던 소리들을 들었다. 바람이 불어오는 소리, 새가 지저귀는 소리, 매미가 우는 소리를 들으며 걷고 또 걸었다.

그러다가 오랜만에 들은 음악이 들국화의 〈걷고, 걷고〉였다. 산책하며 듣기에 더없이 좋은 제목의 곡 아닌가. 때로 어떤 음악은 내 삶을 대신 말해주기도 한다. 〈걷고, 걷고〉 역시 피고 지는 꽃들을 노래하고 있었다. 아침과 새벽, 밤하늘의 별을 노래하고 있었다. 걷고 걸으며 〈걷고, 걷고〉를 들었다. 걷고, 걷고, 걷고. 그러다 전인권의 목소리에 잠시 멈추어 서서 울고. 인권이 형 목소리는 왜 이렇게 슬픈 거야 정말.

〈걷고, 걷고〉는 1987년까지 함께했던 들국화의 멤버 전인권, 최성원, 주찬권이 다시 뭉쳐 2013년에 발표한 곡이다. 들국화 멤버들의 재결합은 거의 사반세기만의 일이었지만, 앨범 발매를 앞두고 드러머 주찬권이 황망하게 세상을 뜨면서 앨범은 주찬권의 유작이 되기도 했다.

새 앨범의 첫 트랙이던 〈걷고, 걷고〉는 전인권이 작사, 작곡했다. 전인권이 경향신문에 기고한 칼럼에 따르면 오십 대 시절 정신병원에서 1년 넘는 시간을 보내고서 돌아와 만든 곡이라고 한다. 마약으로 망가진 머리가 되살아나면서 만든 곡이었다고. 그러니까 전인권 역시 아픈 몸이 조금씩 나아지면서 산책하는 마음으로 이 곡을 쓰게 되었는지도 모르겠다.

피고 지는 삶을 노래하는 〈걷고, 걷고〉를 들으면서 평소 듣던 이런저런 사랑 노래들이 모두 시시해져버렸다. 달리 말하면 사랑보다는 일단 살아 숨 쉬는 삶 자체가 중요해진 시기였는지도 모르겠다. 사랑도 이별도 일단은 몸이 건강해야 할 수 있을 테니까.

〈걷고, 걷고〉를 들으며 많이도 울었는데 특히나 나를 울렸던 가사의 내용은, 내가 세상에 태어난 것이 어쩌면 모두 축복일지도 모르겠다고 노래하는 부분이다. 모두 축복. 아픈 몸을 이끌고 걸으면서 주변 사람들을 떠올렸다. 엄마, 아버지, 아내와 아이들을 떠올리면서 이 세상에 나고 살아가는 게 어쩌면 정말 모두 축복일지도 모르겠다는 생각이 들었다. 똥밭에 굴러도 이승이 좋다는 말이 있듯이, 삶은 축복이니까, 살아야지. 그러니 다시 또 걷고 걸어야지. 잠시 멈춰 서서 우는 일이 있더라도 괜찮아지겠지. 걷다 보면 나아지겠지. 그렇게 어제도 오늘도 걷고, 걷고, 다시 또 걷는다.

  * 좋아하는 들국화의 곡들.
   1, 2집에 실린 모든 곡들. 그리고 그 후에 발표한 몇몇 곡들.

서러움 달래보려고
문관철, 〈다시 처음이라오〉

병원에 다니고 산책을 하면서 〈걷고, 걷고〉에 이어서 자주 들었던 곡이 있다. 제목은 〈다시 처음이라오〉.

이게 참 묘한 곡인데, 밴드 시나브로 출신의 보컬 문관철의 솔로 1집(1987년 발매) 두 번째 트랙으로, 또 2집(1990년 발매)에서는 아예 새로 편곡해 타이틀곡으로 발표했는데도 크게 알려지지 않았다가, 김현식 사후에 나온 7집(1996년 발매)에 실려 대중들에겐 마치 김현식의 미완성곡인 것처럼 알려지기도 했다. (김현식 7집에는 김현식이 홀로 부른 버전과 김장훈이 이어 부른 버전이 있으며, 훗날 블루스 뮤지션 김목경이 커버하기도 했다.)

　문관철이란 뮤지션이 다소 시대를 앞서간 점이 있었는지 이렇게 주인 역할을 하지 못한 곡들이 좀 있어서 그의 이름 앞에는 항상 '비운의 뮤지션'이라는 수식어가 붙기도 한다. 가령 문관철 1집에 실린 〈오페라〉는 훗날 김장훈이 불러서 히트했고, 김현식의 히트곡 〈비처럼 음악처럼〉 역시 문관철이 앞서 레코딩한 것으로 알려졌다.

　뿐만 아니라 이문세가 불렀던 〈그대와 영원히〉는 유재하가 문관철에게 선물했던 곡이란다. 〈그대와 영원히〉의 도입부 가사 "헝클어진 머릿결 이제 빗어봐도 말을 듣지 않고"의 모델이 문관철이었다는 이야기인데, 당시 문관철의 헤어스타일을 보면 이 가사가 조금 이해가 되기도 한다. 이런 상황들이 아쉬움으로 남았는지 문관철은 〈오페라〉, 〈비처럼 음악처럼〉, 〈그대와 영원히〉, 〈다시 처음이라오〉를 다시 불러 2011년 4집 앨범에 싣기도 했다.

　내가 산책하면서 즐겨 들었던 〈다시 처음이라오〉는 김현식 20주기 헌정 앨범에 실린 전인권의 버전이었다. 그러니 나는 산책을 하면서 〈걷고, 걷고〉와 〈다시 처음이라오〉를 통해 전인권의 목소리를 연달아 들었던 셈이다. 인권이 형 목소리는 왜 이렇게 슬픈 거야 진짜.

〈다시 처음이라오〉에서 가장 좋아하는 가사는 "서러움 애써 달래보려고 이만큼 걸었건만" 하는 부분이다. 산책을 하며 〈걷고, 걷고〉와 〈다시 처음이라오〉를 연달아 들었던 데는 이처럼 두 곡 모두 걸어 나가는 내용이 나오기 때문이 아니었을까 싶다. 조금은 무의식적으로 이루어진 선곡이었으니까.

이 곡을 통해 '서러움'이라는 단어에 대해 생각해보기도 했다. 서러움이라는 단어는 뱉기만 해도 정말 서러운 감정이 느껴지는 묘한 단어라는 생각이 들었다. 문관철, 김현식, 김장훈, 전인권, 김목경 각자가 뱉어내는 서러움 하나하나가 정말 다들 서럽고도 서럽게 들려서 누구의 서러움이 더한지 비교하며 듣기에도 좋다. 뱉기만 해도 그 모습이 그려지는 단어를 좋아하는 탓에 이처럼 서글픈 뜻과는 별개로 '서러움'이라는 단어에는 어떠한 아름다운 구석이 있다고 믿고 있다. 그러고 보면 영단어 'Sorrow'도 서러움과 닮아 있는 거 같기도 하고.

아무튼 〈다시 처음이라오〉의 곡과 노랫말을 쓴 이

승희는 서러움을 애써 달래기 위해 걸었던 사람이었는가 보다. 서러운 마음을 달래기 위해서는 그렇게 걸어서라도 애를 써야 했던 모양이다.

그런데 정말, 걷다 보면 서러운 마음이 모두 달래지나요? 나는 걷다가 걷다가 불쑥 서러운 마음이 차올라 멈춰 서서는 울어야만 했다. 옛말 틀린 게 없다. 아프면 서럽다. 살다 보면 산책으로도 어찌할 수 없는 서러움이 다가올 때도 있다.

* 김현식 헌정 앨범에 좋은 곡들이 많이 나왔다. 다음은 추천 곡.

♪ 전인권이 부른 〈내 사랑 내 곁에〉

♪ 임재범이 부른 〈비처럼 음악처럼〉

♪ 엄인호, 한영애, 정경화, 김동환, 권인하가 부른 〈세월이 한참 흐른 뒤에야〉

잠깐이면 돼, 잠깐이면
Leellamarz, 〈Trip〉

살면서 후회되는 일이 한두 가지겠냐마는 주변에서 해보라고 해보라고 권유했던 것 중에 내 고집과 아집으로 안 해요 안 해요 했던 일을 꼽으라면 역시나 젊은 시절의 여행이다. 특히 해외여행.

바다 건너 다른 나라의 문화를 접해보고 견문을 넓혀야 한다는 어른들의 말이 어릴 때는 왜 그렇게 잔소리처럼 들렸는지 몰라. 아니, 뭐 외국 사람들도 우리랑 똑같이 먹고 자고 싸고 하겠지, 다를 게 뭐 있을까. 굳이 해외 가고 싶으면 지하철 타고 가까운 이태원에 가보면 되지.

놀랍게도 어릴 때는 정말 그렇게 생각했다. 젊은 시절의 배낭여행, 그거 그저 사서 고생하는 일처럼 여겼달까. 멀쩡한 집 놔두고 왜 배낭 같은 걸 매고 다니는 거람.

나이 서른에 결혼하고 신혼여행으로 처음 비행기를 탔으니까 말 다했지. 결혼 전 지인들과 제주도 여행을 간 적이 있는데, 어째서인지 그마저도 목포항에서 배를 타고 가게 되었으니 결혼을 하지 않았더라면 생애 첫 비행은 더 늦어졌을지도 모르겠다. 아무튼 그렇게 신혼여행으로 첫 비행을 했다. 아내는 비행기에 올라서는 나에게 신발을 벗고 타야 한다며 농을 치기도 했다. 나쁜 사람.

신혼여행지는 프랑스 파리와 스위스의 몇 개 도시들이었다. 파리는 더러웠지만 낭만이 있었고, 스위스는 모든 게 깨끗해서 좋았다. 신혼여행지는 철저하게 아내의 선택이었는데, 나는 네팔에 가서 트레킹을 하자는 의견을 내었으나 역시나 철저하게 묵살당했다. 지금은 아내의 선택이 몹시 훌륭했다고 여긴다. 현명한 사람.

신혼여행으로 첫 비행을 하고 나서는 기회가 닿는

다면 자주 나가고 싶어 한다. 여행을 떠나기 전 여행지를 다룬 책을 읽으며 먹을 것과 볼 것에 대한 계획을 짜는 일이 재밌어졌으니 뒤늦게 해외여행의 묘미에 빠진 셈이다.

중국 유학생 출신의 아내와 상해에 갔을 때는 중국 문화에 대해 꼬치꼬치 물어 아내를 지치게 만들기도 했다. 그도 그럴 게 상해 시내에 들어선 후 횡단보도 파란불에 건너려는데 차들이 빵빵거리면서 나를 치고 갈 뻔했기 때문이다. 혹시 중국에서는 신호 체계가 다른가도 싶었지만 아내 말로는 중국 사람들이 원래 좀 그런 구석이 있다고. 그때로부터 시간이 꽤 흘렀으니 이제 중국 운전자들도 보행자를 좀 배려하려나.

하와이에 손위 처남이 살고 있어서 천국과도 같은 날씨 속에서 며칠을 보내기도 했다. 얼음을 갈아 색소를 뿌린 쉐이브 아이스크림은 세상 어떤 빙수보다 시원하고 맛있었다. 미국 대통령이었던 오바마도 즐겨 먹었다지? 하와이에 가기 전엔 하나의 휴양지에 불과하겠거니 싶었는데 오산이었다. 하와이 맥도날드에서는 밥도 나오는 걸 보고서는 이곳이라면 평생 살 수도 있겠다 싶었다. 사람들이 그토록 하와이 하와이 말하는 이유를 직접 보고서야 깨달았다. 천국과도 같은 그

곳을 죽기 전에 한 번 더 가볼 수 있을까?

여행을 즐기는 사람들은 여행지를 나라가 아닌 도시로 구분한다던데, 가까운 일본을 몇 번 다녀오면서 그 말뜻을 조금은 이해하게 되었다. 처음 일본에 갔을 때는 나고야로 들어간 후 기차를 타고 간사이 지방으로 옮겨 나라, 고베, 교토, 오사카를 둘러보았다. 그후에는 후쿠오카, 소도시 구라시키, 오카야마를 다녀오기도 했고, 장모님을 모시고는 오키나와에 가서 차를 렌트해 며칠 돌아다니기도 했다. 각 도시마다 먹거리나 풍광이 달라 재밌었다.

부모님이 환갑이 되었을 때는 형네 가족과 함께 괌을 다녀오기도 했다. 살면서 처음으로 온 가족이 떠난 해외여행이었다. 태풍이 오는 바람에 꼬박 하루를 호텔 안에서 지내야만 했지만, 시간이 지나니 그 또한 추억이 되었다. 코로나 시대 이전에 마지막으로 비행기를 탄 것은 아내와 단둘이 다녀온 제주도였다. 결혼 전 배 타고 입도했던 제주도를 10년이 지나 비행기를 타고서 다시 다녀온 것이다.

이렇게 쓰고 보니 아아, 여행 가고 싶다. 기내식 먹고 싶다. 공항 냄새 맡고 싶고, 구름 위를 날고 싶어.

코로나19 바이러스로 몇 년간 하늘길이 막히면서 어디론가 멀리 떠나고 싶다는 생각이 들 때 릴러말즈 *Leellamarz*의 〈Trip〉을 즐겨 들었다. 릴러말즈는 커리어가 독특한 뮤지션인데, 어릴 때부터 바이올린에 재능을 보이면서 엘리트 코스를 밟다가 학창 시절 힙합에 빠져 지금은 랩도 하고 노래도 하고 프로듀싱도 하면서 여전히 바이올린을 연주하기도 한다. 유튜브에는 2019년 한 클럽에서 공연한 〈Trip〉의 영상이 있는데, 곡 중반에 릴러말즈가 직접 바이올린을 연주하기도 하고, 관중들이 처음부터 끝까지 떼창을 하는데 이게 참 아름답다.

릴러말즈의 〈Trip〉은 조용필의 〈여행을 떠나요〉를 이을 만한 뛰어난 여행가歌라고 생각하지만, 코로나 시대에 즐겨 들었던 곡이라서 그런지 듣고 있으면 묘하게도 조금은 울적한 기분이 들기도 한다. 어쩌면 울적함의 이유로는 '잠깐이면 돼, 잠깐이면.' 하는 마법 같은 가사가 한몫하는 거 같기도 하고.

〈Trip〉에는 여성 보컬 한나가 피처링을 했는데, 전체적인 가사를 보고 있으면 단순히 여행만을 노래한다기보다 누군가의 만남과 이별을 노래하는 것 같기도 하다. 새로운 사람을 만나보겠다고, 이제는 떠나고 싶다고. 잠깐 동안의 외도나 바람을 노래하는 느낌이 랄까.

그러니 나 잠깐 어디 다녀오겠다, 하는 멘트는 청자 의 상황에 따라서는 서글프게 들리기도 한다. 한참 릴 러말즈를 듣던 어느 해에는 며칠간 병원 신세를 진 일 도 있는데, 그때에도 〈Trip〉을 들으면서 가족들을 향 해 마음속으로 읊조렸다. 나 잠깐만 병원에 다녀올게. 나 잠깐만 아프다가 올게. 잠깐이면 돼. 잠깐이면.

생각하면 삶이란 것 자체가 하나의 길고도 짧은 여 행이 아닌가 싶기도 하고. 릴러말즈는 〈Trip〉에서 먹 고 보는 걸 모두 느끼고 곡으로 쓰겠다고 노래하는데, 나는 이제 여행을 떠난다면 가서 먹고 보는 걸 모두 글로 쓸 수도 있을 것만 같다.

내가 어릴 때는 여행 에세이가 그렇게 인기 있었는 데, 진작 여행에 재미를 붙였다면 이른 나이에 멋진 여행 에세이를 쓸 수도 있지 않았을까 싶어진다. 이런 생각이 드니 역시 젊은 시절 미지의 세계에 호기심을 갖지 않았던 게 후회스러워지기도 하고. 아니면 결혼 을 좀 더 일찍 했어야 했나.

* 각기 다른 감성이지만 듣고 있으면 어디론가 떠나고

싶게 만드는 곡들이 있다. 다 때려치우고 어디선가 편히 쉬고 싶을 때는 빈지노의 〈Blurry〉를, 하와이에 다시 가고플 때는 라디*Ra.D*의 〈Hawaii〉, 옛 기억이 그리울 때는 최백호가 부른 〈부산에 가면〉을 듣는 식이다. 참고로 부산엔 한 번도 가보질 못했다.

그 많던 형, 누나들은 어디 갔을까
방의경, 〈그들〉

그곳엔 절름발이가 있었다.

2000년대 초, 비 오는 신촌의 골목길. 리퀘스트가 되는 술집 도어즈*Doors*에 우리는 모였다. 가게로 올라가는 2층 계단에는 밴드 도어즈의 보컬인 짐 모리슨*Jim Morrison* 얼굴이 그려져 있었다. 아마도 가게 주인이 도어즈의 팬이었겠지.

처음 보는 형, 누나들과의 만남. 내 또래는 없었다. 내가 막내였다. 나이가 가장 많은 형은 한쪽 다리가 불편한 절름발이였다. 그의 다리가 왜 불편한지는 묻지 않았다. 아무 상관없었으니까. 우리는 그저 음악이

218

좋아서 모인 사람들이었으니까. 바로 PC통신 음악 퀴즈 동호회의 멤버들이다.

음악 퀴즈 동호회. 동호회에서는 한 사람이 게시판에 음악과 관련된 퀴즈를 올리면 답을 맞히는 사람이 다음 퀴즈를 올리는 식으로 이루어졌다. 인터넷의 힘이 아닌 오로지 자신이 가지고 있는 배경지식으로 동호회는 운영됐다. 인터넷이 발달한 지금 세상에서는 분명 존재할 수 없는 동호회였다.

도어즈에 모인 우리는 한참 맥주를 마시며 음악 이야기를 나누었다. 메모지에 각자 듣고 싶은 음악을 신청했다. 갓 스물을 넘겼던 나는 에릭 클랩튼*Eric Clapton*이 있던 그룹 '데릭 앤드 더 도미노스*Derek & The Dominos*'의 〈Layla〉를 적었다. 에릭 클랩튼이 '비틀스*Beatles*' 멤버 조지 해리슨*George Harrison*의 아내였던 패티 보이드*Pattie Boyd*를 사모하며 만든 곡이었다. 형, 누나들은 어린 나에게 이 곡을 어떻게 아냐며 신기해했다. 나는 자연스레 에릭 클랩튼과 조지 해리슨, 패티 보이드의 삼각관계에 대해 얘기했다. 그러자 절름발이 형은 미소를 떠우며 내게 말했다.

"너, 이 새끼. 참 예쁘네."

얼마 지나지 않아 인터넷은 급속도로 발전했고 PC
통신은 사양길로 접어들었다. 자연스레 음악 퀴즈방
의 형, 누나들과도 연락이 끊겼다. 비 오던 신촌의 도
어즈. 신청곡을 적던 펜과 종이. 턴테이블을 통해 흐
르던 음악. 어둑한 조명. 한쪽 다리가 불편했던 절름
발이 형과 음악 이야기에 웃음꽃을 피우던 누나들. 그
곳에는 잊을 수 없는 따뜻함이 있었다.

나이듦을 실감한다. 살면서 이런저런 모임에 속했
지만 그곳에서 나는 대부분 '거의' 막내였다. 내 아래
로는 얼마 없었다. PC통신 동호회에서도 그렇고, 사
회생활을 하며 사람을 만났을 때도 나는 거의 막내에
속했다. 시간이 흐르고 점점 내 나이 위로 사람들이
줄어들더니 아래로 새로운 사람들이 생겨나기 시작했
다. 이제 나는 어딜 가도 더 이상 막내가 아니다.

가끔 해외 토픽에서 세상에서 가장 나이가 많은 노
인의 뉴스를 본다. 먼저 오는 것이 먼저 가는 게 자연
의 이치라면 당장 오늘 생을 달리하더라도 이상하지
않을 나이를 사는 사람. 그의 심정은 어떨지 짐작할
수 없다. 그저 외로울까 혹은 두려울까. 아니면 오래
살아남았다는 이유로 하루하루를 기쁜 마음으로 살
아갈까. 나는 그 나이까지 살아보지도 그리고 살아갈

수도 없을 거 같아 아마 영원히 그 기분을 느끼기 어렵겠지. 세상 수십 억 인구 중에 나이가 가장 많은 사람. 그도 언젠가는 막내의 삶을 살았을 텐데….

음악을 들으면서 '아, 이 가수 범상치 않다.'라고 생각되는 뮤지션이 있다. 여성 뮤지션 중에서는 방의경이 그랬다. 방의경. 내가 태어나기도 훨씬 전인 1972년 그녀의 앨범이 나왔다. 앨범은 나오자마자 방송 금지가 되고 칼로 찢겨 폐기, 소각됐다고 한다. 그래서 그녀의 앨범은 희귀했고, 비싼 가격에 중고 거래가 이루어졌다. 다행히 몇 해 전 그녀의 앨범이 시디로 재발매되었고, 그제야 나는 온전히 그녀의 앨범을 들을 수 있었다.

그녀의 앨범이 폐기됐던 이유는 뭘까? 데모하던 학생들이 그녀의 노래를 즐겨 불렀단다. 그게 이유다. 실제로 그녀가 불렀던 〈그들〉을 처음 듣던 날 나는 조금 충격을 받았다. 가사와 노래에서 느껴지는 힘이 범상치 않았으니까. 방의경이 불렀던 〈그들〉에 어떤 숨겨진 뜻이 있는지는 모르겠다. 곡 자체는 어릴 때 내 친구가 되어주었던 언니, 오빠들은 모두 어디로 갔는지, 언제까지 기다리면 그들이 돌아올지, 하는 옛 시절의 그리움을 노래하는 곡이다. 운동권에서 즐겨 불렀다고 하니 정말 어쩌면 데모하다 붙잡혀간 오빠, 언니들의 무사 귀환을 바라는 곡은 아니었을까 하는 생각도 든다.

요새 방의경이 부른 〈그들〉을 들을 때 느끼는 감상은 예의 그 느낌과는 다르다. 나를 막내로서 있게 해주었던 형, 누나들이 그리워지는 노랫말이다. 새삼 나이듦이 아쉽고 서럽다. 에릭 클랩튼이 불렀던 〈Layla〉를 신청하고서 내가 들었던 말.

"너, 이 새끼. 참 예쁘네."

비 오던 신촌의 술집 도어즈에서. 나를 예뻐해주던 그 형, 누나들은 지금 다 어디에 있을까. 모두 어디로 갔을까.

* 함께 들으면 좋은 곡
♪ 백예린, 〈막내〉
♪ 산울림, 〈누나야〉

속절없다는 글의 뜻을 아시는지
신지훈, 〈시가 될 이야기〉

낮에 버스를 탔는데 인스타그램 DM 알람이 떴다. 책을 내고 나서는 가끔 출판사로부터 DM이 오곤 하는데, 또 어디에서 글 좀 써서 보내라는 메시지인가 싶어서 룰루랄라 보았더니 친구 '장'의 메시지였다.

신지훈이 부른 〈시가 될 이야기〉를 들어보았느냐고, '예민'이 요즘 시대에 활동했다면 나왔을 법한 훌륭한 곡이라며, 나도 좋아할 것 같으니 들어보라는 내용이었다. '예민' 하면 〈산골 소년의 사랑 이야기〉, 〈아에이오우〉 등 한국에서 가장 순수하고도 아름다운 음악을 하는 뮤지션 아닌가.

그런 반가움은 차치하고서라도 나이 마흔 먹고도 좋은 음악이 있다며 추천해주는 친구가 있다니, 나는 행복한 사람이구나 싶어서 '장'의 메시지를 받고는 실로 좋은 기분이 들었다. 정신없이 바쁜 하루를 보낸 탓에 바로 음악을 찾아 듣진 못하고 잠들기 전 뒤늦게 '장'의 연락이 떠올라 〈시가 될 이야기〉를 듣는데, 그의 말대로 과연 예민의 감성이 느껴지는 곡이었다.

특히 속절없다는 글의 뜻을 아는지 물으면서 시작하는 이야기가 맘에 들었다. 속절없다, 하염없다, 하릴없다. 여하튼 무언가 없다, 하는 그 표현을 좋아한다. 거기엔 정말 어쩔 수 없어 하는 안타까움과 나약함이 그려지니까.

친구 '장'은 이제 주변에 얼마 남지 않은 현역 '예술인' 친구다. 작가 지망생의 시간을 보내면서 어려서부터 여전히 창작을 하는, 예술인의 길을 걸어가는 친구들이 부러웠는데, 그중 하나가 틀림없이 '장'이었다. 2019년 첫 책을 내고는 '장'에게, 이제는 나도 창작을 하고 싶다고, 앞으로 오래오래 같이 하자는 말을 건넸던가.

'장'은 십 대 후반 PC통신 음악 동호회에서 처음 만나서는 스물이 넘어 방위산업체로 같은 회사에서 근무한 인연이 있다. 그 덕에 '장'과 함께한 추억이 적지 않다. 몸은 다 컸지만 여전히 사회에 내던져지기엔 어리숙하고 어눌했던 시절. '장'도 나도 그 어설픔에 어쩔 줄 몰라 하던 시간을 서로 지켜보았다.

'장'이 내게 건넨 이야기 중 유독 기억에 남는 말이 있다. 어느 날 '장'과 통화를 하다가 '장'의 어머니 안부를 물은 적이 있는데, '장'은 "내 주변에 울 엄마 안부 묻는 사람은 너밖에 없다."라고 했다. 별것 아닌 부모님 안부 인사가 누군가에겐 특별하게 느껴질 수도 있겠구나 싶어 '장'의 그 멘트는 오랜 시간이 지나서도 잊히지 않는다. 그래서 그런가. 한때 '장'의 어머님 안부를 물은 사람이 나뿐이었던 것처럼 이제 내게 좋은 곡이라며 음악을 추천해주는 사람은 '장'밖에 남아 있지 않다.

속절없다는 글의 뜻을 아십니까. 가끔은 무심히 흘러가는 시간이 속절없이 느껴진다. 어릴 때는 정말 느리게 가던 시간이 나이가 들어서는 왜 이리 빠르게만 흐르는 걸까. 조금은 천천히 흘러도 좋을 텐데.

신지훈은 오디션 프로그램 〈K팝 스타〉 두 번째 시

즌에 참여하며 이름을 알렸다. 음악을 하기 전에는 피겨 스케이트 선수로 활동하기도 했단다. 지금은 스스로 곡을 쓰고 노랫말을 짓고 편곡까지 하는 싱어송라이터가 되었다. 〈시가 될 이야기〉 역시 신지훈의 자작곡이다.

  * 함께 들으면 좋은 곡

  ♪ 예민, 〈아에이오오〉, 〈산골 소년의 사랑 이야기〉

  ♪ 박선주, 〈귀로〉

엄마의 기도
조동익, 〈엄마와 성당에〉

얼마 전 서소문 성지역사박물관을 다녀왔다. 누군가 종교를 물어오면 늘 무신론자라고 대답하는 편이지만, 교회든 성당이든 절이든 그러니까 그곳이 어떠한 종교와 관련 있는 곳이든 멋진 건축물로 이루어져 있다면 찾게 된다. 믿음과는 별개로 성스러운 공간을 들여다보는 일을 좋아하고, 성지에 다가서면 정말 뭔가 신비하고 묘한 느낌을 받게 된달까.

2019년에 개관했다는 서소문 성지역사박물관 역시 그랬다. 서울 도심, 이런 장소에 이렇게 멋진 공간이 있다니 싶을 정도로 전시 작품들도 좋았고, 무엇보다 건축물이 정말 멋있었다. 사방이 높은 벽돌담으로 둘러싸여 고개를 들면 오로지 하늘만이 눈에 들어오는 붉은 광장에서는 서 있기만 해도 압도되는 느낌이 들었다.

서소문 성지역사박물관이 위치한 자리는 조선시대 처형장이 있었던 곳이며, 박해받던 많은 천주인들이 목숨을 잃었던 장소라고 한다. 목숨과도 바꿀 수 있을 만한 믿음이라는 것은 대체 어디에서 생겨나는 것인지, 또 그 믿음을 지키기 위해 목숨까지 내놓을 수 있었던 이들의 굳은 마음의 크기를 나는 알 수 없다.

그러고 보니 성지역사박물관을 구경하며 문득 나이 마흔이 넘어서도 모르는 게 너무 많다는 생각이 들었다. 그러니까 종교 또한. 기독교와 천주교의 차이는 무엇인지, 개신교의 차이는 또 무엇이며, 교회를 다니는 이와 성당을 다니는 이의 믿음은 각각 어디로 향하는 것인지? 불교는? 또 이슬람교는? 사람들의 믿음과 마음은 어째서 다들 이렇게 다른 것인지?

출근길 지하철역 지하도를 지날 때면 빨갛게 머리를 물들인 아주머니를 늘 마주친다. 초점이 느껴지지 않는 텅 빈 눈빛으로, 팔다리는 몹시 가늘어 조금만 지켜보아도 어딘가 아파 보이는 듯한 아주머니는 행인들에게 반복되는 두 마디를 던진다. "안녕하세요. ○○○ 믿으세요."

또 사무실에 앉아 있으면 간헐적으로 백두의 할머니가 들어와 종이 책자를 놓고 가는 일도 있다. 그 책자에는 늘 '지구 종말' 같은 단어들이 적혀 있었다. 좋은 말씀 전하러 왔습니다, 라며 가끔은 귓가에 대고 기도문을 읽어주려는 할머니의 행차가 몹시 불편할 때도 있었지만, 어쩐지 코로나 이후로 할머니의 발길이 끊기자 문득 소식이 궁금해지기도 한다.

병약해 보이는 빨간 머리의 아주머니나 하얗게 머리가 새어버린 할머니를 움직이게 하는 힘은 무엇일까. 믿음이 없는 나는 여전히 알 수 없다.

어느 날은 그런 기사를 읽은 적도 있다. 종교를 가지고 있는 사람들이 종교가 없는 사람들보다 평균 수명이 더 길다는. 종교와 수명이 실제로 영향을 미치는지는 알 수 없지만, 신의 존재와 사후 세계를 믿으며 죽음에도 의연해질 수는 있겠다는 생각이 들었다. 나이가 들고, 몸이 안 좋아지고, 병원에 다니기 시작하면서 나 역시 무엇이든 의지하고 기대고 싶었던 생각이 들기도 했던 것 같다. 여전히 누군가 종교를 묻는다면 무신론자라고 대답하지만.

　나와 달리 어머니는 늘 기도하는 삶을 살고 있다. 가끔은 너무 맹목적인 모습을 보이는 게 아닐까 싶을 때도 있지만, 이제는 기도를 통해서라도 어머니의 마음이 편해질 수만 있다면 그것도 나쁘지 않겠다는 생각이 든다. 밤마다 향을 피우고 기도를 올리는 어머니는 무엇을 바라고 있는 걸까. 아마도 자식들 잘되라고. 건강하고 아프지 말라고. 그런 기도를 올리는 거겠지. 자식이 병원에 다니는 이후로 어머니는 기도를 하며 눈물을 흘리는 시간이 늘었다고 했다.

　포크 음악의 대부로 불리던 조동진의 동생이자 기타리스트 이병우와 듀오 '어떤 날'로 활동하기도 했던 베이시스트 조동익의 솔로 앨범 《동경憧憬》에 실린 〈엄마와 성당에〉를 좋아한다. 말했던 것처럼 믿음이 있었던 게 아니라 그저 멋진 건축물을 보러 성당을 찾게 되듯 이 곡 또한 믿음과는 상관없이 듣고 있으면 한없는 따뜻함과 그립고 아름다운 정서가 느껴진다.

　종소리, 쏟아지는 햇살, 어머니의 치마와 따뜻한 손, 성당 밖 키 작은 걸인에게 무엇인가 준비했던 것을 건네주실 때 보이는 어머니의 미소. 성당만을 노래했다면 그저 종교음악에 그쳤겠지만, 이렇듯 어머니와의 추억을 이야기하는 까닭에 〈엄마와 성당에〉는 누가 듣더라도 마음의 평안과 위로를 안겨줄 수 있는 곡이 되었다. 마음이 몹시 어지럽고 번잡한 날 들으면 차분해질 수 있는 아름다운 곡이다.

어떤 음악들은 처음 만나게 되었던 순간을 기억해두기도 한다. 이 곡을 처음 들었던 순간 역시 잊히지가 않는데, 학창 시절 라디오를 듣다가 배우이자 가수로 활동했던 엄정화가 이 곡을 추천해주어 듣게 되었다. 엄정화 역시 성당에 다니는 사람은 아니었지만, 곡이 너무 좋아서 추천하게 되었다는 멘트를 하였던 거 같기도 하고. 그러니까 좋은 음악은 이렇듯 가끔 믿음을 넘어 가슴에 와 닿기도 하는 법이다.

그나저나 어머니는 정말 어떤 기도를 드리고 계셨던 걸까.

* 조동익이 만든 곡 중에서는 '어떤 날' 1집 《1960·1965》에 실린 〈그날〉을 가장 좋아한다. 살면서 처음으로 왠지 '가출'을 해보고 싶다고 느낀 곡이다. (가출 경험 전무.)

저한테 왜 그러시는 거예요?

장기호, 〈왜 날〉

　　사랑의 시작은 그 방향과 크기에 따라 크게 세 가지
로 나눌 수 있지 않을까요? 누군가 나를 좋아해주면
서 시작하는 것과, 내가 누군가를 좋아하면서 시작하
는 것, 혹은 서로가 서로를 좋아하면서 시작하게 되는
거 말이에요. 생각에 따라서는 세 번째의 사랑이 가
장 비유티풀하고, 행복하며, 크게 성공할 수 있을 것
같지만 서로가 서로에게 호감을 가지면서 시작한다
는 게 생각처럼 쉬운 일도 아니고, 또 설령 그렇게 시
작한다고 해도 이 사랑이 아름답게 마무리되리란 보
장도 없는 것 같아요. 시간이 지나서는 누구누굴 먼저

좋아했네, 어쩌네 저쩌네, 네가 먼저 사귀자고 옆구리 쿡쿡 찔렀지, 내가 먼저 옆구리 찔렀는가, 하면서 유치한 다툼이 일어나는 거 같기도 하고 말이죠. 또 살면서 듣게 되는 사랑과 관련된 말 중 하나로, 남자인 경우에는 나를 좋아해주는 사람보다는 내가 좋아하는 사람을 만나야 행복할 수 있고, 여성은 또 그 반대라는 이야기도 있지만 이것 또한 꼭 그렇게 단정 지으면서 말할 수 있는 건 아닌 거 같기도 하고요. 말하자면 사람의 마음과 사랑의 행방이라는 건 수학 공식처럼 그래프로 쭈욱 그리고서 딱 이러하더라 하고서 말할 수 있는 게 아닌 거 같다는 생각이 들었거든요. 그러니까 사랑이란 참으로 묘하고도 신기한 감정인 거겠죠? 아, 저의 경우요? 저의 경우를 물어보시는 거라면, 글쎄요, 분명히 제가 먼저 좋아했던 누군가가 있기도 했고, 또 어떤 이들은 저에게 먼저 호감을 표한 적도 있기는 한데요. 그러니까 이것도 다 젊고 어린 시절의 이야기인 거죠, 뭐. 믿으실지는 모르겠지만 저에게도 분명 그런 사람들이 몇 있었거든요. 지금이야 중력에 얼굴이 처지고 하루하루 못생겨져만 가는 얼굴이지만. 젊을 때는, 그 왜 젊을 때는 누구나 다들 아름다운 법이잖아요. 그러니 저에게 먼저 호감을 보이고, 웃어주고, 친절하게 대해준 분들도 분명 있었던 거겠죠. 그런데 그럴 때마다 저는 조금 두려운 마음이 들더라고요. 왜냐고요? 왜냐면, 글쎄요. 그, 다자이 오사무의 『인간 실격』이라는 소설 읽어보셨나요? 거기에 그런 글이 나오거든요. 겁쟁이는 행복마저도 두려워하는 법이라고요. 솜방망이에도 상처 입고, 행복에 상처 입는 일도 있는 거라고요. 어, 그러니까 저도 좀 그랬던 거 같아요. 누군가를 사랑하는 마음과 재채기는 숨길 수가 없는 거라잖아요. 숨기려 할수록 더 티가 나게 되는 그런 법이라잖아요. 그래서 나를 사랑해주는 것 같다 싶은 사람이 생기면, 저는 조금 두려운 마음이 들면서도 계속 꼬치꼬치 묻고 싶더라니까요? 왜? 대체 왜인 거죠? 네? 왜 저를 설레게 하시는 거예요? 지금요, 제가 그쪽 때문에 심부담을 심히 느끼고 있거든요? 네? 아니 그쪽이 제 맘 흔들어놓지 않았더라면 저는 그쪽에 대해서 아무런 감정이 일지도 않았을 텐데, 대체 왜 저에게 그렇게 잘해주시는 거예요? 저는 겁쟁이라서 그런가, 누가 나를 좋아해주는 것 같다 하는 마음이 들면 뭔가 행복하면서도 두려움이 밀려오거든요. 겁쟁이라는 표현은 아무래도 너무 얌전한 거 같고, 쫄보, 그래, 쫄보 정도가 딱 저를 표현하는 단어인 거 같습니다. 그러니까 진지하게 행할 게 아니면 어설프게 저한테 잘해주시지 말라 이 겁니다. 네? 제가 지금 그쪽 때문에 너무 설레이잖아요. 네?⋯ 예?⋯ 하면서 묻고 싶더라니까요. 계속계속 묻고 싶었다고요.

살면서 누군가 나를 좋아해주는 느낌이 드는 일은 정말 환상적이고도 아름다운 일인데, 책을 내고서는 '독자'라고 불리는 분들에게서 이런 느낌을 받을 때가 있다. 아, 저분 내 글을 잘 읽어주셨다, 내 의도를 알아주셨다, 하는 생각이 들 때면 꼭 그렇게 사랑받는 느낌이 들어 설레는 마음이 들곤 한다. 그럴 때면 '빛과 소금' 출신의 뮤지션인 장기호의 솔로 앨범 《Chagall Out Of Town》에 수록된 〈왜 날〉을 찾아 듣곤 한다. 백예린이 2021년에 커버하기도 했다.

* 빛과 소금 곡 중에서는 〈내 곁에서 떠나가지 말아요〉를
  가장 좋아한다. 원곡도 좋지만 이소라, 윤하가 부른 버전도
  훌륭하다.

우리가 젊었을 때
Adele, 〈When We Were Young〉

2021년 10월을 기억하시나요? 서울의 코엑스 전광판을 포함해 전 세계 유명 스폿의 전광판에 '30'이라는 숫자가 뜨던 날 말이에요. 많은 사람들이 영국 뮤지션 아델*Adele*의 컴백을 알리는 숫자라고 생각했었죠. 지금까지 발표했던 아델의 정규 앨범 타이틀이 모두 나이를 가리키는 숫자였거든요.

《19》과 《21》, 그리고 《25》까지 말이에요. 그리고 훗날 전광판에 선보인 숫자 30은 실제로 아델의 네 번째 정규 앨범 《30》의 광고였던 것으로 밝혀졌죠. 십 대 시절을 노래하던 아델도 어느새 서른을 훌쩍 넘었군요. 시간이 참 빠르게만 느껴집니다.

　어떤 곡이 나올지 모르는 라디오는 때로 치명적인 무기가 되기도 하죠. 방심하고 있다가 내 마음을 날카롭게 찔러대는 음악이 나오면 저는 속수무책으로 당하기도 하거든요. 얼마 전 라디오에서 흐르던 아델의 〈When We Were Young〉을 들을 때가 그랬습니다. 회사 사무실에서 이 음악을 듣다가 저는 정말 어쩔 줄 몰라 했으니까요. 눈을 감고 싶기도 했고 귀를 막고 싶기도 했지만, 저는 체념하듯 그 흘러나오는 음악을 듣고만 있었습니다.

　그러니까 그때 저는 문득 나이 든다는 것이 서러웠고, 겁이 났고, 두렵고, 무서워서는 〈When We Were Young〉이 세상에서 가장 슬픈 곡처럼 다가오기도 했던 것 같아요. 그리고는 지금보다 어린 시절을 떠올렸지요. 그건 무척이나 자연스러운 일이었습니다.

　엄마 아빠가 젊었을 때, 아내가 애인이었을 때, 그리하여 아이들도 나지 않았을 때, 어떤 책임으로부터 자유로웠을 때, 내 눈이 지금보다 좀 더 밝았을 때, 흰머리가 지금처럼 많지 않았을 때, 줄어드는 머리숱으로 걱정이 없었을 때, 의치가 아닌 나의 이로 음식을 씹어 삼켰을 때, 매일 면도하지 않아도 지저분하다는 느낌이 들지 않았을 때, 눈매에 힘이 들어가 날카로움을 보였을 때, 글쓰기나 책 쓰기 따위로 고민하지 않았을 때, 그래서 출판사의 거절에 상처받지 않았을 때, 별다른 고민 없이 친구들을 만나 술 마시고 담배를 태우며 시답잖은 농담으로 시간을 죽이던 때에. 삼십 대, 이십 대, 십 대. 젊고 어리던 그때를 말이에요.

지금 가지고 있는 걱정과 고민의 상당수가 과거에는 존재하지 않았던 문제라는 것을 깨닫게 되었어요. 세월의 흐름은 이토록 끔찍합니다. 누군가는 나이 드는 것도 괜찮은 거라고, 지금의 내 나이가 좋다고 말하는 이도 있지만 저에게는 가당치도 않은 이야기처럼 느껴졌습니다.

시간은 많은 아픔을 만들어냈지만 아이러니하게도 그 아픔을 치유해주는 것 역시 시간이었지요. 요즘 다시 〈When We Were Young〉을 들을 때면 다행히도 지난날처럼 소리 내어 울게 되진 않습니다. 여전히 조금 우울한 기분을 느끼기는 하지만요.

대신 요즘 이 곡을 들을 때에 저는 당신을 떠올리곤 합니다. 우리가 조금 더 어려서 만났더라면 어땠을까, 하고 말이에요. 상상하면 그건 참 괜찮은 일이었을 것 같아요. 조금 더 일찍, 지금보다 젊고 건강하던 때에 만났더라면 우리는 서로를 마음껏 보듬어주고 아껴줄 수 있었을지도 모르겠군요.

앞을 향해 나아가기만 할 줄밖에 모르는 시간은 좀처럼 붙잡히지 않고 우리는 계속해서 나이 들어가고만 있군요. 그 무심한 시간의 어느 지점 속에서 당신을 알게 되어 좋았어요. 조금 늦은 감이 있다고 하더라도요. 저는 왜 진작에 당신을 찾아 나서지 못했을까요.

이 음악 에세이의 마침표를 찍고 나면 저는 또 다른 이야기를 쓰고 나아갈 생각입니다. 그때는 제 몸에 대해서 쓰고 싶어요. 조금은 병들고 낡아버린 제 몸에 대해서요. 갑자기 제가 잘못되는 일이 생기지 않는다면 저는 그 책의 마침표도 찍을 수 있겠지요. 아델이 자신의 앨범 타이틀을 나이 숫자로 적어나가듯이 제가 쓴 책을 읽을 때면 저는 과거의 저를 만나게 될 겁니다. 운이 좋다면 그곳에서 당신의 흔적을 찾게 될지도 모르겠군요.

아델이 〈When We Were Young〉에서 노래하듯이 저 또한 누군가에게 영화처럼 혹은 노래처럼 기억될 수 있을까요. 그랬으면 좋겠군요. 그러고 싶어요. 당신이 마치 저에게 영화처럼 또 노래처럼 느껴지듯이 말이에요.

에필로그

음악 에세이를 마무리하며

책을 마무리 짓는 이 시간이 시원섭섭합니다. 이제 저에게 주어진, 얼마 남지 않은 지면에 무슨 이야기를 더해야 할까 싶다가, 그냥 아이유가 부른 〈에필로그〉의 가사를 적어두는 게 더 나은 게 아닐까 싶어지기도 하고요. 그러니까, 이 책을 읽은 분들이, 이 책을 알게 되어서 좋았었는지. 괜찮았었는지. 그렇다고 말해준다면 저는 그걸로 충분하겠습니다.

책의 기획 초기에 분량을 두고서 고민이 많았습니다. '음악 에세이'라는 장르에서 음악에 비중을 두어야 할지 아니면 이야기에 비중을 두어야 할지. 결과적으로는 음악보다는 개인의 서사를 중심으로 이야기를 풀어나가게 되었습니다. 그럼에도 이 책을 쓰게 된 이유는, 단순히 제 개인의 이야기를 들려주기보다는 그 이야기를 통해 내가 생각하는 '좋은 음악'을 추천하기 위함이었으니, 마흔 꼭지의 글을 읽고서 단 한 곡이라도 음악이 궁금해져서 찾아 듣게 된다면 그 또한 저에게는 의미가 있겠습니다.

SNS에서 시답잖게 써오던 음악 이야기를 보고서 출간을 권해주셨던 문현기 교수님에게 감사드립니다. 오래전 음악 이야기를 쓸 수 있도록 지면을 내어준 웹진 『리드머』 식구들에게 감사드립니다. 책을 준비하며 귀 기울여 이야기를 들어주셨던 배지영 작가님과 앞선 책들을 제작해주신 출판사와 편집자분들에게도 감사드립니다.

특히 원고를 먼저 읽고서 추천사를 써주신 마누스 출판사 관계자분들에게 감사드립니다. 어느 날 마누스에서는 아이유의 〈Celebrity〉를 들을 때면 제 생각이 난다고 해주셨는데요. 그 말이 음악 에세이를 쓰는 데 큰 힘이 되었습니다. 고백하자면 그 말을 되새길 때면 조금 울기도 했습니다. 꾸준히 글을 쓰고 책을 내다보면 언젠가 저도 셀레브리티가 될 수 있을까요. 그랬으면 좋겠네요. 『그 노래가 내게 고백하라고 말했다』를 통해 그런 일이 벌어진다면 어쩐지 더 신날 것 같습니다.

바쁜 시간을 할애해가며 추천사를 써주신 최민석 aka 민숙 초이 작가님에게도 감사드립니다. 제 휴대폰 플레이리스트에 작가님이 부르신 노래도 있는데요. 작가님의 책을 읽고, 작가님의 목소리를 듣다가 이 책의 추천사까지 접하게 되니 한층 더 가까워진 기분입니다. 정말 감사합니다.

누구보다 한동안 묵혀두었던 이야기를 다시 쓸 수 있도록 해주신 아멜리에북스에 감사합니다. 편집자와 작가의 관계는 늘 이인삼각의 모습인 것 같아요. 가끔은 발이 맞지 않아 넘어지는 일이 있더라도 둘의 목표 지점은 늘 '좋은 책'이라는 한 곳을 바라보고 있다고 믿습니다. 편집자님도 저도 치열하게 의견을 내고 조율을 해가며 좋은 책을 만들려고 했습니다. 글을 다듬고 책을 준비하던 시간들이 한동안은 기억에 오래 남을 것 같습니다.

처음부터 끝까지 음악이 함께하는 책이지만 몇몇 뮤지션의 곡을 다루지 못한 아쉬움은 남습니다. 검정치마나 넬Nell의 음악을 다루지 못한 것이 그렇고, 나름 흑인음악 웹진의 필진 출신이면서 힙합 장르의 분량이 적은 것도 아쉽습니다. 그나마 아이유의 음악은 에필로그를 통해 이렇게 풀어내고 있군요. 오늘이 저에게는 '좋은 날'입니다.

앞으로 계속 글을 쓰고 또 조금의 운이 따라준다면 저는 또 다른 책을 쓸 수 있겠지요. 글을 쓰다가 막히는 순간이 온다면, 그때는 늘 그랬듯 음악이 저에게 조금의 도움이 될지도 모르겠습니다. 음악을 들으면 저는 어쩐지 자꾸만 하고픈 이야기가 생겨나니까요. 그러니까 일종의 '고백' 같은 것들 말이죠. 그리고 이제 저는 이 책을 통해 용기 내어 말한 '고백'의 결과를 기다려봅니다. 여기까지 읽어주신 독자님들 정말 감사합니다.

그 노래가 내게
고백하라고 말했다

1판 1쇄 발행 2023년 2월 28일

지은이. 이경
기획편집. 김은영
마케팅. 김석재
디자인. 나침반
종이. 다올페이퍼
제작. 천일문화사

펴낸곳. 아멜리에북스
출판등록. 제2021-000301호
전화. 02-547-7425
팩스. 0505-333-7425
이메일. thmap@naver.com
블로그. blog.naver.com/thmap
인스타그램. @amelie__books

·아멜리에.북스는 생각지도의 문학 브랜드입니다.